THE ONCE AND FUTURE KING

永恒之王四部曲 2

THE QUEEN OF AIR AND DARKNESS

空暗女王

〔英〕T.H. 怀特 著 谭光磊 译

人民文学出版社
PEOPLE'S LITERATURE PUBLISHING HOUSE

T. H. White

THE QUEEN OF AIR AND DARKNESS

图书在版编目(CIP)数据

空暗女王/(英)怀特著;谭光磊译.—北京:
人民文学出版社,2015
(永恒之王四部曲)
ISBN 978-7-02-011195-4

Ⅰ. ①空… Ⅱ. ①怀… ②谭… Ⅲ. ①长篇小说-英国-现代 Ⅳ. ①I561.45

中国版本图书馆 CIP 数据核字(2015)第 264994 号

责任编辑:朱卫净　尚　飞　张晓清
封面设计:高静芳

出版发行　人民文学出版社
社　　址　北京市朝内大街 166 号
邮政编码　100705
网　　址　http://www.rw-cn.com
印　　制　山东德州新华印务有限责任公司
经　　销　全国新华书店等
字　　数　91 千字
开　　本　890×1240 毫米　1/32
印　　张　4.25
版　　次　2016 年 1 月北京第 1 版
印　　次　2016 年 1 月第 1 次印刷
书　　号　978-7-02-011195-4
定　　价　18.00 元

我将何时死去，并且摆脱

父亲的罪愆？

还要多久，才能以灵车与铲子

使母亲的诅咒长眠？

第一章

圆塔顶端有个乌鸦形状的风信鸡，口中衔箭，指示风向。

塔顶的圆形房间非常不宜人居。首先，屋里太过通风。东面橱柜的底部有个洞，正好监控高塔外侧的两道门。若遭围困，也可以从这里丢石头砸人。不幸的是，风常由此洞倒灌进来，再从没装上玻璃的露台窗或烟囱吹出去。有时候则反过来，由上往下吹，如同风洞。其次令人头痛的是，房里总弥漫着烧泥炭的浓烟。浓烟非由室内火炉烧出，而是来自楼下房间。复杂的通风系统把烟囱里的烟也吸进了房里。遇上潮湿的天气，石墙会渗水。家具也不舒适：都是石块——以便朝洞里砸；几把生锈的热那亚十字弓与箭矢、从未用过的泥炭。四个孩子也没有床。假如房间是方形的，或许会有橱柜床；既然是圆形房间，他们只好睡在地上，勉强盖着干草和格纹长披肩。

孩子们用长披肩草草搭起一座帐幕，彼此紧靠，躺在里面讲故事。他们可以听见母亲在楼下房里拨弄火堆，添加燃料，因此个个轻声细语，生恐让母亲听见。其实他们不是怕母亲会上楼处罚，也无人规定上床后不许讲话。他们无条件地傻傻崇拜着母亲，只因母亲的性格强过他们。倒不如说，她在教养孩子的过程中，给了他们一种有缺陷的善恶观。或许是因为不关心，或者是懒惰，或甚至是出于某种残酷的占有欲，致使他们似乎永远分不清自己的行为究竟是对是错。

他们正用盖尔语悄声交谈，或者我们该说，是一种混杂盖尔语和古老骑士语言的怪异综合体。他们长大后会用到骑士语，所以现在得学。他们很少讲英语。多年以后，他们成为远近驰名的骑士，在伟大国王的宫廷里任职，讲的便是一口标准英语。唯独身为一族之长的加文例外，他刻意保留苏格兰腔，藉此显示对自己的出身并不感到羞耻。

说故事的人是加文，因为他最年长。他们躺在一块儿，像群躲起来的怪青蛙，虽然消瘦，但骨骼发育大致健全，只要吸收适当的营养，就会长得结实强壮。他们都是亮色头发，加文发色亮红，加瑞斯的则是淡黄；他们中最小的十岁，最大的十四岁；加瑞斯是老幺。加赫里斯是个迟钝的孩子；年纪仅次于加文的阿格凡最是霸道，一肚子坏主意，既爱哭又怕痛——这是因为他有丰富的想像力，而且比其他人常用脑袋。

“很久很久以前，亲爱的弟弟，”加文说，“在我们还未出生，甚至根本不存在的时候，我们有一位美丽的外婆，名叫伊格莲。”

“她是康瓦耳伯爵夫人。”阿格凡说。

“对，外婆是康瓦耳伯爵夫人。”加文附和，“而可恶的英格兰国王爱上了她。”

“他就是尤瑟·潘德拉贡。”阿格凡又说。

“到底是谁在讲故事？”加瑞斯愤怒地说，“你闭嘴啦！”

加文继续说：“尤瑟·潘德拉贡国王召来伯爵夫妇……”

“就是外公和外婆喽！”加赫里斯说。

“……然后命两人留在他住的伦敦塔里。他们在那里作客的时候，他要求外婆做他的妻子，和外公一刀两断。可是贞洁又美丽的康瓦耳伯爵夫人……”

“外婆。”加赫里斯说。

加瑞斯大叫：“该死的，你有完没完？”只听他们蒙在被子里吵架，间或还有几声尖叫、打人的声音和抱怨声。

加文接着讲：“贞洁又美丽的康瓦耳伯爵夫人一口回绝尤瑟·潘德拉贡国王的求爱，并把这件事告诉外公。她说：‘国王此番召我们来，恐要辱我清白。夫君，容我建议，我们此刻立即启程，连夜赶路，返回居城。’于是，就在午夜，他们离开了国王的堡垒……”

“是在深夜里。”加瑞斯纠正他。

“……城里的人熟睡之时，他们就着昏暗的灯笼，为坐骑套上鞍具——马儿四脚轻灵、眼神似火、迅捷如风、体型匀称、小头大嘴、性格暴烈，然后快马加鞭朝康瓦耳奔去。”

“那是一场惊险的逃亡。”加赫里斯说。

“马儿都累死了。”阿格凡说。

“才没有。”加瑞斯说，“外公外婆才不会把马累死呢！”

“到底有没有死？”加赫里斯问。

“不，马没死。”加文想了一下说，“不过也筋疲力尽了。”

他继续讲故事。

“隔天早上，尤瑟·潘德拉贡国王发现了这事，怒不可遏。”

“怒不可抑。”加瑞斯提议。

“怒不可遏。”加文说，“尤瑟·潘德拉贡国王怒不可遏，说：

‘我对天发誓，非将那康瓦耳伯爵的脑袋拿来加菜不可！’于是修书一封给外公，命令他先把脑袋填满食材，加上装饰配料。说无论他的城堡有多坚固，四十天之内，必会把他揪出来！”

“外公有两座城堡。”阿格凡骄傲地说，“庭塔阁和台拉城。”

“于是康瓦耳伯爵将外婆安顿在庭塔阁，自己留守台拉城。接着尤瑟·潘德拉贡国王便来攻城了。”

“然后啊！”加瑞斯忍不住大喊，“国王就在那里搭起许多帐棚，双方展开激战，杀死了好多人！”

“有一千人吗？”加赫里斯猜测。

“至少有两千。”阿格凡说，“咱们盖尔人一旦动手，不杀个两千不会甘休。说不定杀了足足有一百万人呢。”

“外公外婆渐渐占了上风，眼看尤瑟王就要溃不成军，这时来了一个邪恶的魔法师，叫做梅林……”

“他是个巫师。”加瑞斯说。

“然后呢，说来你们不信，这个巫师施展妖术，竟然让诡计多端的尤瑟·潘德拉贡进到外婆的城堡里。外公立刻率兵从台拉尔城出击，却在激战中遇害……”

“被诡计所害。”

“而可怜的康瓦耳伯爵夫人……”

“贞洁又美丽的伊格莲……”

“亲爱的外婆……”

“……被那个黑心肝，不讲信用的英格兰龙王[①]给抓了起来，沦

---

① 潘德拉贡（Pendragon）家族以龙为旗帜。

为阶下囚。不仅如此，虽然她已经有了三个漂亮的女儿……”

“美丽的康瓦耳三姐妹。”

“伊莲阿姨。”

“摩根阿姨。”

“还有母亲。”

“虽然她有这些漂亮女儿，还是被迫嫁给英格兰国王——也就是杀死她丈夫的凶手！”

他们受故事结局所震慑，都静了下来，默默思考这惊人的英格兰恶行。偶尔母亲给他们讲故事，最喜欢讲的就是这段，故事的内容他们早已熟记在心。最后阿格凡引用了一句盖尔谚语，也是母亲教的。

“洛锡安人[①]有四样东西不可信：牛角、马蹄、狗吠和英格兰人的笑容。”他悄声说。

他们在干草堆里不安地扭动身子，凝神倾听楼下房间里的细微动静。

就在这群讲故事的孩子楼下，只有一枝蜡烛和泥炭燃烧的橘黄色火光照明了房间。以王后的居室来说，委实有些寒酸，不过至少有张四柱大床——白天当成王座使用。一个三脚大铁锅在火上沸腾。蜡烛后方有一张磨亮的黄铜片，权充镜子。居室里有两个生命：王后和一只猫。两者皆有黑色毛发和蓝色眼瞳。

黑猫侧卧于火光下，仿佛已经死了。这是因为它的四只脚全被绑在一起，活像刚猎到、等着被扛回家的狍子。黑猫早已放弃挣

① 洛锡安（Lothian）是苏格兰地区的行政区。

扎，此时眯起眼睛盯着火焰，身体随呼吸起伏，似乎认命了。或许它只是筋疲力尽——动物总是知道自己大限将至。它们死前多半有种尊严，而这正是人类欠缺的。小小的火焰在黑猫斜睨的眼睛里跳动，它或许正以动物独有的冷静，回顾之前的八条命，不抱希望，也心无所惧。

王后拎起黑猫，准备施展一个众所皆知的黑魔术，藉以自娱。城里的男人都外出打仗了，此举至少可以打发时间。这是个隐身咒语。她不像妹妹摩根勒菲，算不上是顶认真的女巫，因为她脑袋空洞，无法认真学习任何高深的技艺，即使是黑魔术也不例外。她之所以这么做，是因为自己与同族其他女性一样，血液里带有魔法。

沸腾的水里，只见黑猫在一阵恐怖的痉挛后发出一声可怕的惨叫。它试图用受缚的四脚跃起或游泳，全身湿透，绒毛在蒸气中抖动，像被捕鲸叉刺中的鲸鱼肚子般闪闪发亮。它的嘴吓人地咧开，露出粉红色咽喉和锐利如尖刺的白牙。第一声惨叫过后，黑猫只能张开嘴巴，再也无法清楚发声，不久便断气了。

统治洛锡安地区与奥克尼群岛[①]的摩高丝王后坐在大锅旁，静静等待，偶尔拿起木勺搅动猫尸。房间里逐渐充满煮沸猫毛的恶臭。如果此时有旁观者，他将会发现，今夜的王后因泥炭火光的增色看起来那么美艳：深邃的大眼，亮泽的黑发，丰腴的体态，以及当她留神静听楼上悄悄话时所流露的警戒之色。

加文说：“我们一定要报仇！”

“他们从来没和潘德拉贡国王作对。”

---

① 奥克尼群岛（Orkney Islands）位于不列颠岛北方，苏格兰沿岸。

“他们只想不受干扰，过平静的生活。”

想到康瓦耳的外婆被强暴，软弱无辜的人民遭暴君欺压，这些不公不义的景象深深刺伤了加瑞斯。高卢人的旧时暴行有如对己身的伤害，奥克尼诸岛上每一位农民都有切身体会。加瑞斯是个善良的孩子，生平最厌恶恃强凌弱。他只要一想到这种事，便气得心脏狂跳，简直无法呼吸。加文则是因为事关家族荣辱而生气。在他看来，藉由强权遂行己意没什么大不了，但要是敢惹到他的族人，那就罪该万死。他既不聪明也不敏感，可是绝对忠诚——有时几乎到了固执的地步。在他晚年，这种忠诚却使人困扰，甚至演变为愚蠢。对他来说，原则只有一个，现在如此，以后亦然，那就是“不论对错，永远以奥克尼为尊”。而阿格凡之所以激动，是由于此事与母亲有关。他对母亲有种特殊的情愫，藏在心里没让别人知道。至于加赫里斯，他向来没有主见。

黑猫支离破碎。长时间的煮沸让它全身肌肉剥落，最后锅中只剩一层毛发、油脂和肉块构成的浮渣。白骨在浮渣下的锅底打转。比较重的骨头躺着不动，质轻的薄膜则优雅跳动，犹如秋风中的落叶。这锅新鲜的猫肉汤臭味扑鼻，王后皱着鼻子，把液体过滤到另一个锅子里。黑猫的残渣留在法兰绒滤网上：一团湿透的蓬乱猫毛、碎肉和纤细的骨头。她朝残渣吹气，用勺柄翻弄，让热气散去，再用手指拨开。

王后知道，每只纯正的黑猫体内都有一根特别的骨头，只要把猫活活煮死，再把骨头含在口中，即可隐匿身形。不过就算在那个时代，也没人知道究竟是哪一根骨头。正因如此，这个法术才得在镜子前施展，经由练习而找到正确的骨头。

摩高丝并非刻意追求隐身之术。以她美丽的外表，说不定还很讨厌。可是男人都离家在外，这个小把戏既可消磨时间，又很简单、众所皆知。况且，这也给了她流连在镜子前的藉口。

王后把黑猫的残骸分成两堆，一边是整理好、微温犹存的骨头，另一边则是其他碎块，冒着轻烟。她从骨头堆里挑出一根，翘起小指，把骨头贴近红唇。她用牙齿咬着骨头，站在磨亮的黄铜镜前，略带喜色地端详自己。她甩手把骨头扔进火里，又挑了一根。

无旁人在场。这样的情况下，她来来回回，从镜子前回到骨头堆，挑一根新骨头放进嘴里，转身看自己消失了没，又丢掉骨头。她的举止优雅，仿佛在跳舞，仿佛真有旁观者在场。又或者，仿佛她只要能看到自己，也就够了。

后来她失去了兴致——当然还没试完所有骨头。她不耐烦地丢下最后几根，把整团东西一股脑丢出窗外，也不管会落在什么地方。她熄了火，在大床上以古怪的动作伸展四肢，躺在黑暗之中，良久没有入睡——身体不满足地扭动。

“好弟弟，这就是为什么我们康瓦耳和奥克尼人必须永远反抗英格兰国王，尤其是麦克潘德拉贡[①]一族。”加文做了总结。

“这就是为什么我们的父亲要出远门去和亚瑟王打仗了。母亲说过，亚瑟就是潘德拉贡一族的人。”

“而且我们永远不能忘此世仇。”阿格凡说，“因为母亲是康瓦耳人，伊格莲夫人是我们的外婆。”

---

① 盖尔语中 mac 为儿子之意，冠于名字前即表示某某之子。

“我们要为家人报仇。”

“因为在这个高耸、宽阔、广大、不断旋转的世界里，母亲是最美丽的人。”

“而且因为我们爱她。”

他们的确是爱她的。或许我们都是如此，毫无条件地付出最宝贵的情感，却给了那些几乎不把我们当一回事的人。

第二章

在两次盖尔战争之间的某个平静日子里，年轻的英格兰国王与导师并肩站在卡美洛的城垛上，远望傍晚的紫霞。柔和的光线笼罩下方土地，蜿蜒的河流缓缓流经古老的修道院和庄严的城堡。夕照下，河水仿佛燃起火焰，映照出塔楼、碉堡和平静空气中垂挂不动的燕尾旗。

两人站在高堡上俯瞰整座城镇，世界如同玩具一般铺展在面前。脚下是城堡外庭的草坪，从这么高的地方看去非常可怕。一个等比例缩小的人挑着扁担，两端各挂了一个水桶，正穿过外庭，朝圈养动物的庭园走去。稍远处的城堡门楼处，值夜的守卫正和军官交接。由于不是在两人正下方，看起来没那么可怕。他们踢着脚跟敬礼，呈上长矛，交换通关口令，听起来像教堂的婚礼钟声一样让人开心。然而对城垛上的两人而言，距离实在太遥远，所以一切都在寂静中进行。两名武装随员看似铅做的玩具士兵，脚踩在羊群啃过的鲜嫩草地上，没发出半点声响。越过胸墙，可听见远方的杂音：村妇讨价还价，顽童扯着嗓子大喊，下级军士开怀痛饮，还有几头山羊的叫声混杂其中，三两麻风病人头戴白色兜帽，边走边摇着铃铛；好心的济贫修女两人一组，长袍沙沙作响；还有几位爱马的绅士打起架来了。河流沿着城墙流动，一名男子在河对岸耕田，犁绑在马背上，发出嘎嘎的声音。男子附近还有一个人以虫为饵，坐在河边钓鲑鱼——那时候河流还未受到污染。更远处，有只驴子正对即将来临的夜晚开演奏会。一切噪音传到城垛上都只剩细微的声响，仿佛扩音器听错了边。

亚瑟还很年轻，才刚开始体验生命。他有一头金发和一张呆呆的脸，总之谈不上什么聪明才智。那是一张坦率的脸孔，有着善良的双眼，可靠而忠实的表情，仿佛他是个认真学习的人，对生命感到喜悦，不相信原罪的存在。他从未受过不公平的对待，所以也善待别人。

国王穿着父亲"征服者"尤瑟的天鹅绒长袍，长袍用过去战胜的十四位国王的胡子镶边装饰。不幸的是，这些国王有的红胡子，有的黑胡子，还有的黑白相间，长度也不一，镶边看起来活像一条羽毛围巾。如果是上唇的小胡须，则黏在纽扣周围。

梅林的胡子长达腰际，戴着玳瑁框眼镜和一顶圆锥形帽子。他戴这种帽子，为的是向国内的撒克逊农奴致敬。他们的国民头饰若非某种潜水帽，就是弗里吉亚帽[①]，不然就是像这样的草帽。

两人听着傍晚的各种声音，偶尔也交谈两句。

"嗯，我得说当国王实在不错。这是一场了不起的战役。"亚瑟说。

"你真这么认为？"

---

① 弗里吉亚帽（Phrygian Cap）也就是自由之帽，是法国大革命时共和政体的象征。

“当然啦。您瞧我拔出神剑之后，奥克尼的洛特王是怎么仓皇逃跑的。”

“他可是先击倒了你。”

“那没什么。还不是因为我没用神剑。等我一拔出剑，他们就像兔子一样开溜了。”

“他们还会再来。”魔法师说，“奥克尼国王、加洛斯国王、高尔国王、苏格兰国王、塔楼国王和百骑王这六人已经成立盖尔邦联。你可别忘了，你得到王座的方式很不寻常。”

“他们尽管来！”国王答道，“我不在意。这回我可要好好教训他们一下，到时候就知道谁才是老大。”

老人把胡须一股脑塞进嘴里，使劲嚼了起来。他苦恼的时候常这么做。他咬断了一根胡须，结果卡在牙缝间。他试着用舌头把胡子剔出来，后来还是用手挖才成功。最后他干脆把胡子揉成一团。

“我想你总有一天会懂。”他说，“可是天晓得这差事有多艰辛，多让人心痛。”

“哦？”

“没错！”梅林气呼呼地大喊，“‘哦？哦？哦？’你就只会说这个！‘哦？哦？哦？’像个小学生一样！”

“您如果说话不注意一点，我就砍了您的头。”

“砍吧！砍了倒好，至少我不用继续当家教了！”

亚瑟挪动靠在城垛上的手肘，看着他年迈的朋友。

“怎么了，梅林？”他问道，“我又做错事了吗？如果是的话，对不起。”

魔法师松开胡须，擤了擤鼻子。

“不是你做了什么的问题。”他说，“是你思考的方式。我最无法忍受的就是愚蠢。我总是说，愚蠢是违逆圣灵的大罪。”

“我知道呀。”

“这下你又在讽刺我了。”

国王抓住他的肩膀，把他转过来：“听着，到底是怎么回事？您心情不好吗？如果我做了什么蠢事，您就告诉我，不要发脾气。”

老魔法师听了怒气更盛。

“告诉你！”他大吼，“哪天要是没人告诉你怎么办？难道你永远不会自己思考吗？我倒想知道，等我被囚禁在那该死的坟墓之后，你打算怎么办？”

“哪来的坟墓？我没听您说过。”

“哎，我去他的坟墓！什么坟墓？我到底该说什么？”

“愚蠢。”亚瑟说，“我们本来在讨论愚蠢。”

“正是。”

“嗯，光说‘正是’没用啊，您本来不是要说什么吗？”

“我不记得了。你老是扯些旁枝末节，把别人都气死了，谁还知道两分钟前要讲什么？我们一开头谈的是？”

“在谈这场战役。”

“这我就记得了。”梅林说，“的确是从这开始的。”

“我说这是一场漂亮的胜仗。”

“这我也没忘。”

“嗯，就是一场漂亮的胜仗。”亚瑟带着防御的口气重复了一遍，“打得很精彩，是我自己打赢的，而且很好玩。”

魔法师沉入自己的思绪之中，眼睛像兀鹰一样蒙上一层翳。城垛上安静了几分钟，期间有两只在附近田野接受饲育训练的游隼自他们头上飞过，玩闹地唱着叽－叽－叽，身上挂的铃铛响亮。梅林再度张开眼。

他缓缓说道：“你很聪明，所以才赢了这场仗。”

亚瑟记得老师教过他要谦虚，而且他太单纯，没察觉兀鹰就要袭来。

“哎，也没什么，运气好罢了。”

“非常聪明。”梅林又说了一次，“你死了多少步兵？”

“我不记得了。”

“不记得。”

“凯伊说……”

国王讲到一半，突然停下来，看着梅林。

“好吧，打仗不好玩，我没想到这点。”

“死伤人数超过七百。当然，都是步兵。骑士没受伤，只有一个人从马上摔下来，跌断了腿。”

老人看亚瑟没打算回应，便严厉地说了下去。

“我还忘了说，你自己的皮肉伤可也不少。”

亚瑟瞪着自己的指甲。“我最讨厌您自命清高的样子。”

梅林乐坏了。

“就是这种精神！”他一边说，一边勾起国王的手，愉快微笑着，“这才像话。要勇于为自己辩护，重点就在这里。问别人意见最要不得。更何况要不了多久，我就不会在这里给你提供建议了。”

“您一直说什么不会在这了，还有什么坟墓的，到底是怎么回事？”

“没什么。不久之后，我会和一位叫妮姆的女孩相爱。她会学得我的法术，把我关在一个山洞里，长达好几个世纪之久。这是命中注定的。”

“可是，梅林，那样可太糟糕了！被关在山洞里好几个世纪，像癞蛤蟆被关在洞里一样！我们得想想办法。”

“别瞎说。”魔法师说，“刚才我讲到哪了？”

“您说有个女孩子……”

“我说的是建议，而且你不应该听从别人的意见。哎，我这会儿就给你几个建议。我建议你多想想战争，想想你的国家格美利，以及身为国王应该做的事情。你会做到吗？”

“会的，我当然会。可是那个偷学您法术的女孩……”

“听我说，这个问题不仅与国王有关，更攸关百姓的安危。你说这场战役很精彩，等于和你父亲的想法一样。我要你有自己的想法，才不枉我这么多年的教育。以后等我变成可怜老头，被关在洞里……”

“梅林！”

“好啦好啦！我只是想博取同情心罢了，别在意，这是为了增加戏剧效果。老实讲，休息个几百年倒也不是坏事。至于妮姆，我也常用‘后见之明’观察她。不对，不对，重要的是‘自己思考’和‘战争’这两件事。举例来说，你可曾认真想过国家目前的状况？还是说你打算一辈子像尤瑟·潘德拉贡一样？再怎么说，你到底是一国之君。”

“我没仔细想过。”

“嗯，那不妨让我来帮你想想。就拿你那位盖尔族的朋友，布鲁斯·索恩斯·匹帖爵士当例子吧。”

“那家伙!”

“正是。你为何用这种口气说话呢?”

“他是个猪猡，到处谋害少女;等真正的骑士来救人，他又拼了老命逃走。他还特地饲养快马，好让谁也追不上，又趁别人不注意的时候背后偷袭。他是个土匪，要是被我逮着，我一定杀了他!”

“嗯,”梅林说，“我看他与别人也没什么差别。所谓的骑士精神到底是什么?不过就是赚足了钱，买座城堡和整套盔甲，然后呢?就是随自己高兴，任意差遣撒克逊人。唯一要冒的风险，不过是碰上另一名骑士，有些皮肉伤。想想你小时候，不是看过派林诺和格鲁莫长矛比武吗?关键在于盔甲。贵族要砍杀平民百姓轻而易举，却得花上一整天的时间才能伤到彼此，结果就是国家惨遭蹂躏。力量即是正义，这是他们的格言。布鲁斯·索恩斯·匹帖只不过是普遍状态下的一个例子。你看看洛特、南特斯①、尤里安和其他盖尔族那帮人，为了争夺王位，起兵与你对抗。从石头里拔出剑的确不是合法证明身份的好方法，这我承认，可是那些原住民的国王却不是为此才向你开战。你是他们的封建领主，但他们眼看王位基础尚未稳固，就兴兵作乱。我们不是常说吗?英格兰的危机是爱尔兰的转机。这是他们报复种族仇恨的好机会，还可以藉此大开杀戒，再靠赎金发笔小财。他们引起的动乱对自己没损失，因为他们都穿了盔甲——你好像也觉得很有趣。可是你看看这个国家，看看烧毁的谷仓，死人的脚从池塘里冒出来，腹部肿胀的死马倒在路

① 南特斯(Nentres)即是加洛斯国王，伊莲的丈夫。

边；磨坊倒塌，财富都埋藏起来，没人敢带着金银出门或在衣服上穿戴佩饰。这就是今天的骑士精神。这就是尤瑟·潘德拉贡造成的后果，结果你竟然还说打仗很好玩！”

“我只想到自己。”

“我知道。”

“我应该要帮没盔甲可穿的人着想。”

“没错。”

“力量不是正义，对不对，梅林？”

“啊哈！”魔法师喜悦地说，“啊哈！亚瑟，你是个机灵的小伙子，不过休想这么蒙混你的老师。你想让我兴致来了，让我动脑筋。我可没这么好骗。我都这把年纪了，是只老狐狸啦！剩下的你得自己想。力量到底是不是正义？如果不是，又是为什么？找出原因，拟订计划。除此之外，你打算采取什么行动？”

“什么……”国王开口，但他看到了老师准备皱起的眉毛。

“好，我会仔细想想。”他说。

于是他认真思考起来，一边搓着即将长出小胡须的上唇。

他们离开堡垒之前，还有一段小插曲。先前挑着水桶去鸟兽庭园的人，这时又走了回来，桶子都空了。他从两人正下方经过，朝厨房的门走去，看起来十分渺小。亚瑟正好玩拨弄着堞口松动的一块石头，他想累了，便拿起石头，往前一靠。

“柯斯连看起来好小。”

“的确很小。”

“我在想，如果我把这石头砸到他头上，不知道会怎样？”

梅林估算一下距离。

“以每秒三十二英尺[①]的速度，”他说，“我想会把他砸死。四百克的力量足以敲碎头盖骨了。”

“我从来没这样杀过人呢。”男孩语带询问。

梅林望着他。

“你是国王。”梅林说。接着又补上一句：“你如果做了，别人也不能说什么。”

亚瑟维持原来的姿势，手握石头往前倾。然后，在身体没动的情况下，眼睛往旁边瞟，迎上了老师的视线。

石头干净利落地打飞梅林的帽子，老绅士挥舞着铁梨木手杖，手脚灵活地追着亚瑟跑下楼梯。

亚瑟很开心。他就像被逐出伊甸园之前的人类，享受着他的纯真和好运。如今他不是可怜的随从，而是一国之君。不再是无依无靠的孤儿，反受所有人爱戴，他也爱着每一个人。唯有盖尔族人例外。

截至目前为止，对他来说，在这个露水晶莹的世界上，一切都无忧无虑，非常美好，连一个哀伤的粒子都不存在。

---

① 一英尺约为 0.3 米。

第三章

凯伊爵士听说了奥克尼王后的各类传闻，想多知道一些。

“摩高丝王后是谁？”有一天他问，“据说她很美丽。原住民和我们打仗，到底有什么目的？她的丈夫，那个洛特王，又是什么样的人？他正式的称号是什么？有人称他‘外岛国王’，可是也有人称他是‘洛锡安与奥克尼国王’。洛锡安在哪里？离海巴西岛[①]近吗？我不懂这场叛乱目的何在，大家都知道英格兰国王是他们的封建共主嘛。我还听说她有四个儿子。有人说她和丈夫不合，这是真的吗？”

这天他们带了游隼上山猎松鸡，正在回家途中。梅林为了舒活筋骨，也跟着去了。近来他成了素食主义者，以此反对流血运动。话虽如此，他自己年轻时不懂事，这类的活动可也全玩遍了。即使到了现在，他私底下还是喜欢欣赏猎鹰的雄姿：它们伺机出击时漂亮的回旋，如同天空中的一小点，还有它们扑袭松鸡，使猎物瞬间丧命，滚进石南丛中的景象。他抵挡了这些诱惑，只因他知晓这是

---

① Hy Brazil 原指 Azore 诸岛中的一座大岛，后多指爱尔兰西海岸一座传说中的岛屿。

罪恶。他安慰自己说，松鸡是拿来吃的。然而这是差劲的藉口，因为他也不吃肉呀！

亚瑟骑马时神色机警，颇有聪明少主该有的样子。他原本注意着附近的荆豆丛，在那个没有法纪的年代，这种地方很可能有人埋伏。他掉开视线，向导师瞟了一眼，一方面想知道魔法师会回答凯伊的哪些问题，另一方面则仍留心周遭可能的危机。他知道驯鹰师远远落在后头——他肩上扛着方方的框架，戴头套的猎鹰就站在上面。两旁则各有一个士兵。他也知道前方随时可能有威廉二世[①]的暗箭飞来。

梅林选了第二个问题。

“战争永远不会只有一个原因，”他说，“而是有很多因素，乱成一团。叛乱也一样。”

“可是一定有个主因吧？”凯伊说。

“也不见得。”

亚瑟发表意见：“我们要不要跑上一阵？离荆豆丛已经两英里了，我们可以再折回来和其他人会合，让马儿动一动也好。”

这时梅林的帽子被风吹走，他们只好停下来捡。之后他们排成纵列，牵着马慢慢走。

“其中一个原因，”魔法师说，“是盖尔人和高卢人之间难解的世仇。盖尔邦联象征的是一支被诸多异族驱离英格兰的古老民族，而代表这些异族的就是你。所以，很自然，他们不可能对你好到哪里去。”

---

① 威廉一世之子，诺曼征服后的第二任英格兰国王（公元 1056—1100）。

“民族的历史我就没辙了。”凯伊说，“现在哪有人分得清谁是哪一族？反正都是农奴嘛。”

老人带着几分兴味看着他。

“诺曼人最令人吃惊的一点，”他说，“就是除了自己，简直什么都不懂。而你呢，凯伊，身为诺曼贵族，可真把这个特性发挥到极致了。我很怀疑你知不知道盖尔人是什么样子？有人也称他们塞尔特。”

“塞尔特是一种战斧。”亚瑟说。魔法师很讶异亚瑟竟会知道这种事，而他已经好多年没有这么惊讶过了。亚瑟说得没错，塞尔特的确有这个意思，只是照说亚瑟应该不知道才对。

“不是那种塞尔特，我说的是塞尔特民族。我们还是统称盖尔人好了，我指的是住在不列塔尼、康瓦耳、威尔士、爱尔兰和苏格兰等地的原住民，像是匹克特人①。”

“匹克特人？”凯伊问道，“我好像听过，全身涂成蓝色。”

“我辛苦这么多年，就教了你这些？”

国王若有所思地说：“梅林，能否请您多说说民族的事？我想，假如真的有第二次战争，应该多了解局势。”

这下换凯伊大惊失色。

“要打仗了吗？”他问，“这可是我头一回听到。我以为去年的叛乱已经平定了？”

“他们返乡之后，找了另外五位国王，现在共有十一位国王组

① 匹克特（Picts）是古代苏格兰东北部的住民，后被苏格族（Scots）征服。罗伯特·欧文·霍华德（Robert E. Howard）曾以匹克特族最后的领袖Bran Mac Morn为主角，写了一系列历史幻想小说。

成新的邦联。新的成员也都有原住民血统，包括北亨伯兰的克莱伦斯、康瓦耳的伊德列斯、北威尔士的克雷德马斯、史川格的布兰迪格里斯、爱尔兰的安格西。恐怕这会是一场规模空前的大战。”

“结果全都是为了种族问题。”亚瑟的义兄嫌恶地说，“不过应该还算有趣吧。”

国王没理睬他。

“请继续说，我想听您解释。”国王对梅林说。

“但不要讲得太细。”魔法师正要开口，他连忙补上一句。

梅林开口又闭口两次，好不容易才遵守这个限制。

“约在三千年前，”他说，“你现在骑马经过的这块土地属于某一支盖尔族，他们使用铜制的斧头。两千年前，手持青铜剑的另一支盖尔族将他们赶到西边。一千年前，携带铁制武器的条顿人入侵，但并未扩张到整个匹克特群岛，因为罗马人来了，也卷入其中。八百年前，罗马人撤走。接着，另一波条顿人入侵——也就是所谓的撒克逊人，又把原本的可怜人往西赶。正当撒克逊人准备定居下来，你那‘征服者’父亲又带着他的大批诺曼人来了，所以我们才有今天。罗宾森就是撒克逊人的游击队战士。”

“我们不是叫不列颠群岛吗？”

“是的，那是因为大家都把B和P搞混了。条顿人最容易把辅音搞混。在爱尔兰还有人谈论一支叫佛美[①]的民族，可是其实应该是波美拉尼亚族……”

① “佛美”（Fomorians）是爱尔兰神话中邪恶的居民，被Tuatha De Danaan这支传说中的民族击败。

亚瑟在这个紧要关头打断了他。

“所以是这样：我们诺曼人把撒克逊人当农奴，而他们原本也有自己的农奴，也就是世称盖尔人的原住民。既然如此，我实在不懂盖尔邦联为何要反抗我这个诺曼国王，因为赶走他们的明明是撒克逊人。更何况，那都是几百年前的事了。”

“好孩子，那你就低估盖尔人的记性了。他们可不觉得你们有什么分别。诺曼人是条顿民族的一支，你父亲征服的撒克逊人也是。所以在古老的盖尔族看来，你们就是把他们赶到西方和北方的外来异族，只是不同分支罢了。”

凯伊坚决说道：“我不要再听历史了。我们已经长大了吧。再这样下去，我们干脆来听写算了。”

亚瑟嘻嘻一笑，当真就唱起了他们熟悉的口诀“巴拉巴拉、赛拉伦、达力、费立欧克、普利欧利斯……”，凯伊则接着唱完后面四句。

梅林说：“这可是你们自己要求的。”

“我们听够啦！”

“总之，这场战争会发生，主因就是条顿人——或者高卢人——在很久以前招惹过盖尔人。”

“当然不是！”魔法师大叫，“我可从来没说过这种话！”

他们张口愣在那儿。

“我说战争之所以发生，有许多原因，不单单只有一个。这场战争的另一个原因，是摩高丝王后穿长裤——或者该说是苏格兰格子呢紧身裤。”

亚瑟的脑袋打结了，“让我弄清楚。起先您说洛特和他同伙之所以造反，是因为他们是盖尔人，而我们是高卢人。可是现在您又说，问题出在奥克尼王后的长裤上。可不可以麻烦您说详细一点？”

“我们刚刚谈的是盖尔族和高卢族之间的恩怨，但还有其他的恩怨呀。你总该记得你还没出生以前，你父亲杀了康瓦耳伯爵的事吧？摩高丝王后就是伯爵的女儿。”

“美丽的康瓦耳三姐妹。”凯伊说。

“正是。你们已经见过其中一位——摩根勒菲女王。那时你们是罗宾森的朋友，在猪油床上发现她。还有一位是伊莲。她们三个都算得上是女巫，不过只有摩根认真修炼。”

“既然家父杀了奥克尼王后的父亲，”国王说，“我想她有充足的理由要丈夫起兵反抗我。”

“这只是个人恩怨。个人恩怨绝不足以拿来当作开战藉口。”

“除此之外，”国王接着说，“既然我的族人曾经赶走盖尔人，那么奥克尼王后的臣民想报复也是很合理吧。”

梅林握着缰绳的手搔搔胡子中间的下巴，陷入沉思。

过了一会儿他说：“你过世的父亲尤瑟是一位侵略者，在他之前把原住民赶走的撒克逊人也是。假如我们继续追溯，这事根本没有了结的一天。‘原住民’本身也是侵略者，赶走了用铜斧的人。就连用铜斧的人也一样，他们对付的是早期靠贝壳为生的爱斯基摩人。你可以不断往回推算，一直到该隐和亚伯为止。重点是，撒克逊征服是成功的，诺曼人征服撒克逊人亦然。不管你父亲的手段有多残暴，他毕竟安顿了撒克逊人。经过了这么多年，人应该要安于现状。此外我也要指出一点，诺曼征服是把小单位结合成大单位的过程，而目前盖尔邦联的叛乱却是在分裂。他们想要使我们或许可称为‘联合王国’的国家分崩离析，变成许多毫无意义的独立小国。正因如此，我才说他们开战的理由并不正当。”

他又抓抓下巴，火气上来了。

“我最受不了这些民族主义者！”他大喊，“人类的命运是团结，而非分裂。如果不断分裂下去，最后就会变成一群各自占树为王的猴子，只会互相丢坚果。”

“话是这样，总之有许多人给激怒了。或许我不应该还手？”国王说。

“你要投降吗？”凯伊有些惊奇，倒不觉得惊慌。

“我可以退位。”

他们一同望向梅林，他却不肯直视他们的眼睛。他往前骑去，直直看着前方，嚼着胡子。

“我该投降吗？”

“你是国王。”老人固执地说，“谁也阻止不了你。”

半晌过后，他口气缓和下来。

“你们知道吗，”他沉吟道，“我自己也是原住民？大家都说我父亲是个恶魔，但我母亲则是盖尔族人。所以我体内流的是原住民的血液，可是现在我却谴责其民族主义，他们的政客大概会骂我是叛徒。给人乱安罪名，他们便可把自己的行为合理化。还有一点，亚瑟，你知道吗？生命原本痛苦，实在不需要领土主权、战争和贵族恩怨啊。”

第四章

干草已经收妥，再过一个星期，谷物就成熟了。他们坐在麦田边缘的树荫下，看着晒成深褐色皮肤的人露出白牙齿，在阳光下漫无目的地忙碌，重新挂上大镰刀，磨利小镰刀，准备一年的农忙尾声。农地离城堡很近，田里一片安详，也毋须担忧暗箭飞来。他们一边看农人收割，一边用手指剥开半熟的麦穗，挑剔地咬谷粒吃，品尝小麦柔绵的乳状口感，还有较不饱满的带壳燕麦。大麦那时还未传入格美利，所以那种珍珠般的味道对他们来说想必陌生。

梅林还在解释。

“我年轻的时候，大家公认参战就是不对。那时候很多人都表示，无论如何不参与战事。”他说。

“或许他们是对的。”

“不，假如对方先挑起战端，那么就有非常正当的理由打仗。你看，战争本身是一件邪恶的事，或许是这个邪恶种族所做出最邪恶的事，应该要彻底禁绝。只要能完全确定对方先开战，你就有责任阻止他。”

“可是往往双方都说是对方先挑起战端。”

“当然会这么说。这其实也是好事，至少显示双方内心深处都知道战争最邪恶之处就在于挑起战端。”

“那理由呢？”亚瑟抗议，“假如有一方被另一方断粮，而且对方用的是和平的方式——比如说经济手段——而不动用武力，那么挨饿的一方总得想办法杀出重围吧，您懂我的意思吗？”

“我知道你是这样认为的。”魔法师说，“但是你错了。没有任何理由可以当作开战的藉口，无论你的国家对我的国家如何有错在先——除了开战以外。只要我国先开战，而非试图化解纠纷，那错就在我方。比方说吧，杀人犯当然不能以被害人太有钱又欺压他作为脱罪的藉口，同样道理，国家也不行。纷争应该用理性去化解，而不是动用武力。”

凯伊说：“那要是奥克尼的洛特王带兵来到北方国界一字排开，我们的国王除了有样学样，派兵过去面对面站着，还能怎么办？接下来要是洛特的手下个个都拔了剑，我们不也就只能跟着拔剑吗？局势还可能更复杂呢。在我看来，侵略这件事可真难界定。”

梅林很恼怒。

“那是因为你心里如此希望。”他说，“既然洛特以武力威胁，那么显然他就是侵略者了。如果你心无偏袒，就可以判别谁才是恶徒。如果实在没有别的判别依据，那就是先出手的人。”

凯伊继续坚持自己的论点。

“假设不是两支军队，而是两个人好了。”凯伊说，“他们面对面站着，各自拔出剑，假装是为了其他理由才拔剑。然后他们不断移动，想找出对方弱点，甚至发动佯攻，但实际上没有伤到对手。难道您要告诉我，侵略者是那个先击中对方的人吗？”

"对，如果没有别的判断依据。但是在你之前的例子里，错的显然是先带兵到邻国边境去的人。"

"用谁先击中来判断毫无意义呀！要是他们同时击中对方呢？或者在场的人数众多，导致无法分辨谁先出手？"

"但是无论如何，总有些判别依据吧！"老人喊道，"用你的常识想想。就拿眼前的盖尔叛乱来当例子好了。我们的国王有什么理由出兵？他已经是天下的封建共主了。如果他还发兵攻打别人，岂不是很不合常理吗？没有人会攻打自己的领土。"

"我的确不觉得这场仗是我挑起的。"亚瑟说，"老实说，在真正开战以前，我根本不知道会发生这种事。我想这和我从小在乡下长大有关吧。"

"任何有推理能力、脑筋清楚的人，"导师没理会他插嘴，径自说下去，"都可以在一百场战争里分辨出其中九十场是哪一边挑起。首先，他可以看出开战对哪一方较有利，这就是很值得怀疑的证据了。其次，他可以观察哪边先以武力恫吓或率先整兵备战。最后呢，他应该也能根据谁先发动攻击来判定。"

"可是，"凯伊说，"假如一边先发出威胁，先攻击的却是另一边呢？"

"喔，你去把头浸在水桶里吧！我的意思不是所有战争都能区别谁对谁错，我的论点从一开始就是：在绝大多数战争当中，谁是侵略的一方，往往再清楚不过；而至少在这些战争中，正人君子有责任去对抗坏人。你得用最公正的态度去判断，假如这么做仍不能确定谁是坏人，那尽管去当个和平主义者。我还记得自己以前也是个狂热的和平分子，那时候刚好在打布尔战争[1]，我的祖国就是侵略者。梅富根城解围那天晚上，还有个年轻女人对我吹哨子。”

“多讲讲梅富根城解围当晚的事吧，”凯伊说，“老是讨论对错之分，烦都烦死了。”

“梅富根城解围那晚啊……”魔法师开口，正有意将所知一股脑全说出来，却被国王打断。

“跟我说洛特的事。”他说，“如果我得和他作战，我想多了解他。我自己倒是对于对错之分越来越有兴趣了。”

“洛特王……”梅林以相同的口气再度开口，却又被凯伊拦住。

“不不，”凯伊忙道，“还是讲王后的事好了，她似乎很有趣。”

“摩高丝王后……”

这时亚瑟动用了生平第一次否决权。梅林瞥见他眉头扬起，竟然就乖乖把话题转回奥克尼国王身上了。

他说：“洛特王不过就是你手下的贵族之一，而且是个拥有土地的皇族。此人微不足道，你根本不需把他放在心上。”

“为什么？”

“不说别的，我们年轻的时候把他这种人叫做‘优势贵族’。他的臣民和妻子都是盖尔人，他自己却是挪威来的进口货。他和你一样是个高卢人，属于征服英伦诸岛的统治阶级。也就是说，他对这场战争的态度和你父亲完全相同。他根本不在乎盖尔人或高卢人，对他而言，打仗就像是我维多利亚时期的朋友去猎狐狸，或是靠赎

① 布尔战争（Boer War）：一八九九年，英国为了独占南非资源，与荷兰后裔布尔人开战。起先英军节节败退，贝登堡上校坚守梅富根城一百二十七天，并在围城期间训练少年从事传令和斥候工作，是扭转战局的关键。后来贝登堡上校将训练的心得撰写成书，即是日后童军运动的起源。

金赚钱。而且还是他太太逼的。”

“有时候，”国王说，“我还真希望您和别人一样，不是倒着活的。一下维多利亚，一下梅富根城之围……”

梅林气坏了。

“把诺曼人的战争和维多利亚猎狐运动拿来相比，再恰当不过了！暂时把你父亲和洛特王撇到一边，从文学角度来看。你看诺曼神话里的传说人物，例如安如王朝的历代国王。从征服者威廉到亨利三世，全都依照季节，沉溺在战争之中。战争的季节一到，他们就穿上华丽的盔甲集合去了。因为穿了盔甲，受伤的风险都降到最低，和猎狐没什么两样。看看布兰纳维尔[①]那场决定性的战役吧，一共九百名骑士参战，却只有三人阵亡。看看亨利二世，他跟斯蒂芬借钱支付自己的部队，让他们去和斯蒂芬作战。看看所谓的打猎礼节，根据这个礼节，原本包围别人城堡的亨利，一等敌人路易加入防守方，就得撤军，因为路易是他的封建主子。再看看圣米歇尔山的围城战，因为是靠守军缺水才打赢，所以被视为没有运动家风度的战役。再看看曼兹伯里之战，因为天候不佳而告取消。亚瑟，这就是你继承的遗产。这个国家的煽动者为了种族因素彼此仇视，贵族则把打仗当成娱乐。无论是种族狂热分子或领主，都不曾为普通士兵着想过——他们才是真正会受伤流血的人哪！你统辖的就是这样的国家。陛下，除非你能让这个世界运作得比现在好，不然就会碰上一连串毫无意义的战争；而兴兵的理由若非报复，就是为了打猎余兴，没命的永远是穷人。这就是为什么我要你仔细想想，这就是为什么……”

“我想，”凯伊说，“迪纳丹在跟我们招手，晚餐准备好喽！”

---

① 布兰纳维尔战争（Battle of Brenneville）：一一一九年，虽然英法双方出战人数皆不多，仍被视为英国决定性的一场胜战；路易六世很快就求合，并接受亨利一世的条件。

第五章

茉兰大娘在外岛上的房子与大型狗舍差不多大小，但是屋里很舒服，还有许多有趣的东西。门上钉了两个马蹄铁；五座向朝圣者买来的雕像，上面缠着老旧的串珠——如果你勤于祷告，可是会把念珠磨坏的。屋顶放了几捆亚麻，几件僧侣长衣裹着拨火棍。二十瓶私酿威士忌，喝得只剩一瓶；一蒲式耳[①]干枯棕榈叶，是过去七十年来圣棕树节[②]留下的产物；许多母牛生产时用来绑在尾巴上的羊毛线。还有一把老太太准备用来对付小偷的大镰刀，不过没人蠢到自投罗网。烟囱里还挂了些白杨木制的横梯，这是她丈夫生前准备拿来当连枷用的，上面吊着鳗鱼皮和马皮革。鳗鱼皮下方有一大罐圣水；而在泥炭火前方，坐着一位爱尔兰圣人。他住在更偏远外岛上的蜂巢型小屋，手里拿着一杯生命之水[③]。他是一位信仰伯拉纠派[④]异端的堕落圣人，

---

① 蒲式耳（bushel）：液体及谷物的容量单位，一蒲式耳约为 36 升。

② 圣棕树节（Palm Sunday）：基督教节日，复活节前的星期天，亦作圣枝主日、棕枝主日。

③ 生命之水（water-of-life）：即指威士忌。

④ 伯拉纠派（Pelagianism）：为四世纪英国修士伯拉纠所倡导，否认原罪，主张人得救并非靠神的恩典，而是凭其自由意志，被罗马教廷斥为异端。

认为灵魂可以自己获得救赎。他正用生命之水拯救自己和茉兰大娘的灵魂呢。

“茉兰大娘，愿上帝和玛利亚保佑您。”加文说，“夫人，我们是来听故事的，和神灵有关的故事。”

“愿上帝、玛利亚和圣安德鲁保佑你们！”老太太叫道，“神父人在这儿，你们竟然要我讲故事？”

“圣托狄巴，晚安，天色太暗了，所以我们没注意到您。”

“上帝保佑你们。”

“也保佑您。”

“要跟杀人有关的故事喔！”阿格凡说，“杀人，然后乌鸦把眼睛啄掉！”

“不要不要，”加瑞斯说，“最好是神秘女孩嫁给偷走巨人魔法坐骑的男人的故事！”

“赞美上帝，”圣托狄巴说，“你们想听的故事真是怪得可以。”

“好嘛，圣托狄巴，说一个来听听。”

“说说爱尔兰吧！”

“说说想要公牛的梅芙女王吧①！”

“不然跳捷格舞给我们看！”

“可怜我这脑袋，叫圣人先生跳捷格舞，那怎么成哟！”

屋里只有两张凳子，这四个来自上流社会的男孩席地而坐，静静望着圣人，等他说话。

---

① 这是一个有名的爱尔兰神话。梅芙女王（Queen Maeve）集女神与历史人物的形象于一身。某夜，女王与王夫互相比较谁最富有，几回合下来不分胜负。但王夫有一头白色公牛，女王却没有任何东西比得上这头公牛。她听说某人有一头牛非常好看，便要下人去带回那头牛。

“你们想听道德故事吗？”

“不不，不要讲道德的。我们要听打打杀杀的故事。好啦，圣托狄巴，就说您那次打破主教的头的事嘛！”

圣人灌了一口白威士忌，朝火炉啐了一口。

“从前呢，有一个国王。”他开口说。听众挪动屁股，坐定下来。

“从前呢，有一个国王。”圣托狄巴说，“这位国王呢，我告诉你们，他叫康纳·麦克尼沙[①]。他长得像鲸鱼一般魁梧，和族人住在一个叫做塔拉[②]的地方。不久之后，这位国王带兵去和嗜血的欧哈拉家族作战，在激战中被一颗魔法子弹射中。你们要知道，这些古代的英雄会拿对手的脑来做子弹。他们先用手搓成小块，再放在太阳下晒干。然后我想应该是像弹弓或箭矢那样，用火枪发射吧。总之呢，就这么一射，从这位老国王的太阳穴穿进去，卡在脑袋里的骨头或是什么致命的部位。‘我还好端端的。’国王说，并且召来几位法官，要他们建议如何取出子弹。第一位法官说：‘康纳国王，子弹进了您的脑叶，您已经和死人没两样了。’其他几位医生也都这么说，既不尊重国王的身份，也不顾虑医德。‘哎，你们要我怎么办呢？’爱尔兰国王喊道，‘不过是打场小仗，命就没了，这运气还不够坏吗？’医生听了便说：‘少给我唠叨，现下只有一个法子，就是从今以后避免一切不正常的兴奋举动。’‘进一步来说，’其他人说，‘正常的兴奋举动也要避免，不然子弹会造成血管破裂，血

① Conor Mac Nessa：爱尔兰古代厄斯特地区国王，在厄斯特传说中占有重要地位。

② Tara of the Kings：位于现今爱尔兰米斯郡（Meath）。古时国王、教士、贵族和吟游诗人均集聚于此，商讨公众事务。

管破裂又会转为出血，出血再变成发炎，是有可能使体内重要机能停止的。康纳国王，这是您唯一的希望了，不然到时候您躺着给虫咬，后悔可就来不及啦！’现在晓得了吧，你们可以想见是什么情形。可怜的康纳得躲在城堡里，不能笑、不能打仗，连喝水都不能掺半点酒，也不能看白皮肤的漂亮姑娘，不然脑袋可是会爆开的。子弹就这么卡在他头上，一半露在外面。从那天起，他一辈子都得过这种惨兮兮的生活。”

“这些医生是什么人？”茉兰大娘说，“哼，他们一点也不聪明。”

“后来他怎么了？”加文问道，“他就一直住在暗室里吗？”

“后来怎么了？我正要说呢。有天，外头下起大雷雨，城墙像大帐幕一样剧烈摇晃，大片城墙外壁倒在他们身上。那里很久没看过这么猛烈的暴风雨了。康纳国王冲进暴雨中寻找建议，发现一位法官站在那儿，便问他是怎么回事。这法官呢，是个学识渊博的人。他对康纳国王说，我们的救主那天被吊死在犹太区的一棵树上，这场暴风雨因此降临。他还向康纳国王宣达上帝的福音。然后呢，你们猜怎么着？爱尔兰的康纳国王竟然跑回皇宫里，满腔热血地找出宝剑，接着冲进暴风雨，打算去保卫他的救主——然后就这么死了。”

“他死了？”

“是的。”

“哇！”

“这死法倒也不错。”加瑞斯说，“虽然对他没好处，不过可真壮烈！”

阿格凡说："如果医生嘱咐我要当心，那我说什么也不会情绪失控。我会仔细想清楚。"

"但这样很有骑士风范吧？"

加文坐立不安地搓着脚趾。

"真是愚蠢。"最后他说，"这样做一点用都没有。"

"他想做点有用的事。"

"又不是为了他家人。"加文说，"我不懂他在兴奋个什么劲。"

"当然是为了他家人。这是为了上帝，他是所有人的家人。康纳国王为了正义而奋斗，最后献出了自己的生命。"

阿格凡不耐烦地在松软的锈色炭灰上扭着屁股，觉得加瑞斯是个蠢蛋。

于是他改变话题："跟我们说猪是如何造出来的吧。"

"不然讲伟大的科南的故事，"加文说，"就是被施了魔咒，黏在椅子上的那个人。他不知怎么了，总之就是黏在上头，其他人怎么也扯不下来。所以他们用蛮力把他拉开，还得找块皮来帮他补屁股——可是找来的却是羊皮。从那之后啊，费安纳一族穿的袜子就都是用科南身上长出的羊毛织成的喽！"

"不，别说了。"加瑞斯说，"别讲故事了，好哥哥们，就让我们坐在这儿，谈点有深度的事情。我们来谈离家远行去打仗的父亲吧。"

圣托狄巴喝了一大口威士忌，朝火堆里吐去。

"打仗嘛，可真是美事一桩。"他一副缅怀过去的神情，"以前我还没封圣的时候，也常出外远征，只是后来觉得厌烦了。"

加文说："怎么会烦？我打一辈子仗都不会腻。再怎么说，这是绅士当做之事，我的意思是，就像打猎啊、放鹰啊等等。”

“如果参加的人不多，那打仗还算有趣。”托狄巴说，“但要是太多人打成一块，你怎么知道自己为何而战？古时候爱尔兰有过不少精彩的战争，虽然只是为了一头牛之类的理由，但每个人都很全心投入。”

“您为什么觉得打仗没意思？”

“因为老是得杀一大票人。谁想为了自己不懂的理由，甚至没有理由而杀人呢？所以后来我改成和人单挑。”

“那一定是很久以前的事了。”

“可不是嘛，”圣人惋惜地说，“我刚才说的那些子弹啊，单挑才真要用脑袋。”

“我赞成圣托狄巴的看法。”加瑞斯说，“说真的，杀一堆啥都不懂的可怜步兵有什么意思呢？要就骑士对骑士，让真正想跟别人拼个你死我活的人来打。”

“可是这样一来就没仗可打了。”加赫里斯叫道。

“这是什么蠢话，”加文说，“打仗当然要有人，而且越多越好。”

“不然谁来让你杀呢？”阿格凡解释道。

圣人又倒了一大杯威士忌，哼了几句“威士忌，亲爱的祝你好运[①]”，然后瞄了茉兰大娘一眼。他脑子里有个异端的念头，或许是因为酒喝多了，又和他神职人士独身有关。他既有的异端行径包括剃头的形状、复活节日期的认定，当然还有他伯拉纠派的信仰——

---

① *Poteen*, *Good Luck to Ye*, *Dear*，为 Charles Lever 所作之饮酒歌。

不过最新的这个想法，却让他越来越觉得孩子们没必要待在这儿。

“打仗？”他嫌恶地说，“你们这些小鬼懂什么？你们倒是说说看啊？也不想想自己没比小母鸡大多少！快快走开，免得我给你们吃苦头！”

只要是盖尔人，都知道圣人还是别惹的好，所以孩子们连忙站起来。

“哎哟，”他们说，“圣人先生，咱们无意冒犯，真的！咱们只是想交换意见。”

“交换意见是吧？”他大喊，伸手便去拿火钳，吓得他们一溜烟窜出矮门，跑进落日余晖之中的沙地街道，圣人还在阴暗的角落里咕哝着咒骂不休。

街上有两头老驴子，正在寻找石墙裂缝里长出的杂草。它们的脚全被绑在一起，因此举步艰难；蹄也长得奇特，看起来像羊角，又像卷曲的冰刀。男孩们一见驴子，脑中立刻有了主意，便把驴子占为己用。他们不讲故事，也不再讨论战争，现在牵着两头驴子，往沙丘彼方的小港走去。等那些乘小船出航的人回来，若有任何鱼货，便可用驴子驮载。

加文与加瑞斯轮流骑胖的那头驴子，一个骑在背上，另一个就打驴屁股。老驴偶尔蹦跳两下，却硬是不肯加快脚步。阿格凡及加赫里斯则同时骑着瘦的那头，阿格凡倒着骑，正好面对驴子后半身。他拿一根粗海草根狂乱抽打驴屁股，刻意打肛门周围，好让它更痛些。

他们来到海边，形成了一幅奇怪的景象。四个消瘦的男孩，尖鼻子滴着鼻水，骨瘦如柴的手腕露在衣服外面。驴子跳啊跳，绕着小圈子，偶尔后脚被海草鞭打了，就蹦跳一下。这景象之所以怪，是因为他们的行动是受限制的，每个人都只有一个动向。他们几乎自成一个太阳系，太空中再没别的东西，只有他们绕着沙丘和河口不停旋转。这几颗行星的脑子里，可能也不清楚自己在做什么。

男孩的脑子里只想欺负驴子，没人对他们说过这么做很残酷。可是话说回来，也没有人对驴子说过。在这世界的边缘，他们对残酷太熟悉了，以至于做出这样的事也不觉惊奇。于是这个马戏团自成一体，驴子不愿移动，男孩拼命要它们动，双方经由无条件同意的痛苦相连结。这痛苦本身由于太过强烈，已经不重要了，仿佛被抹消一样。动物看来并未受苦，孩子们看来也不以动物受苦为乐。唯一的差别在于男孩们动个不停，驴子却是尽全力站定不动。

在这幅伊甸园般的景象里，在茉兰大娘小屋内的事还没来得及从他们脑中消退前，一艘魔法渡船从对岸驶来。这艘船垂挂着白色锦缎，显得神秘美好；随着龙骨穿越浪潮，还发出悦耳的旋律。船上坐了三位骑士和一条晕船的猎犬。与此相比，大概找不到和盖尔世界的传统更不搭调的事物了。

离岸还远的时候，船上一位骑士说：“我说，那儿是不是有座城堡，啥？我说，可真漂亮啊！”

“别再摇船啦，老兄，”第二个人说，“否则咱们通通被你弄下海了。”

被人这么一责难，派林诺国王顿觉扫兴。更叫孩子们吃惊的是，他居然哭了起来。他们可以听见他啜泣的声音，混杂着浪花拍打的声音和船本身的乐音，随着船逐渐靠近。

“哦，海洋！”他说，“但愿我深陷你的怀抱，啥？但愿我入水五浔①！噢、噢、哦、噢！”

“老兄，哇哇叫是没用的。这东西该哇的时候就会哇，她可是一艘魔法船哩。”

“我没哇哇叫，”国王反驳，“我是说‘噢’。”

“哎，她不会哇的。”

“我管她会不会哇。我说的是‘噢’！”

“那……哇！”

只听魔法渡船“哇”的一声，停在小船平时停靠之处。三名骑士走了出来，其中之一是位黑皮肤的异教撒拉逊人，博学多闻，名叫帕洛米德。

“老天保佑，登陆顺利啊！”帕洛米德爵士说。

人群静静地、不知不觉地聚集过来。他们一靠近三位骑士，便放慢脚步，稍远处的人则用跑的。男女老少急步越过海滨沙丘，或自城堡所在的悬崖下来，直到走近才缓步而行，全都停在距离骑士二十码的地方。岛民围成一圈，默然注视着新来的三人，仿佛在乌菲齐美术馆②里欣赏名画。他们细细端详，并不急于赶往下一幅画，因为根本没有下一幅；打从他们出生以来，周遭便只有熟悉的洛锡安景色。岛民的眼神不带敌意，却也不友善。画作存在的意义即是供人观赏。那凝视从脚开始，打量这些奇装异服，穿着全套骑士盔甲的外地人，把足甲的质地、造法、接合和价钱都摸清楚了，然后移到胫甲、腿

① 此典故出自莎剧《暴风雨》中 Ariel 所唱之歌：*Full Fathom five*。

② 位于意大利佛罗伦萨，以典藏大量文艺复兴时期的绘画作品闻名。

甲，逐渐上移，最后才审视面部——那可能是半小时以后的事了。

盖尔人瞠目结舌地围站高卢人四周。村里的孩童在远处大声叫嚷，传播这个消息，把茉兰大娘也引来了。只见她撩着裙子慢跑过来，出海的群舟则发疯似的划着桨，想要尽快赶回。洛锡安的四位年轻王子仿若出了神地爬下驴子，加入圆圈。圆圈逐渐内缩，移动缓慢而寂静，有如钟上分针。唯一的声响来自迟些到来的人，但他们一进入影响范围，也立刻陷入静默。圆圈正在缩小，因为岛民想摸摸这些骑士——并不是现在，至少要等半个小时，等一切检视完毕；或许永远没完没了，然而最后总是想碰碰他们的。一方面是确定他们真实存在，一方面是估量他们一身装束的价钱。在这估价进行的同时，发生了三件事：茉兰大娘和其他老太太念起玫瑰经；年轻女性互相捏打，咯咯直笑；男人原本听见祷告，纷纷脱帽以示敬意，现在也开始用盖尔语说“瞧那黑人！上帝可要保佑咱们哪！”或者“他们睡觉脱不脱衣服？要怎么把这一身铁锅铁罐拿掉啊？”除此之外，在场所有人的脑海里，无论男女老少或来自何种家境的人，缓缓兴起了巨大、难以估量、仿佛可见而有形体的恶意，这正是盖尔民族的特征。

这三人可是撒克逊骑士啊！岛民心中暗想——他们是由盔甲的式样看出来的。他们的国王率兵二度叛乱，敌人就是这些骑士的主子亚瑟王。他们这次前来，难道是出于撒克逊人的狡狯，打算偷袭洛特王后方吗？还是说他们代表了封建共主——房东先生，预备评估下一次的兵役免税额呢？他们是第五纵队队员[①]吗？或许事实更

① Fifth Columnists，西班牙内战时，佛朗哥将军以四个纵队包围马德里，并对外宣称第五纵队已在城中活动，后引申为间谍、奸细之意。

为复杂，因为撒克逊人绝不至愚蠢到穿着撒克逊服饰出现。难道他们根本不是亚瑟王的代表？还是说出于某些精明得叫人难以置信的原因，他们才刻意打扮成这样？陷阱究竟在哪？总是有陷阱的。

岛民围成的圈子不断靠拢。他们越发目瞪口呆，弓起歪曲的身体，摆出粗布袋和稻草人的形状；一双双小眼流露出深不可测的敏锐光芒，朝四面八方闪动；脸庞浮现顽固的愚蠢表情，比原本的面容更显空洞。

骑士彼此靠紧，寻求保护。事实上，他们完全不知道英格兰正与奥克尼交战。他们正在冒险途中，没听说最新的消息，奥克尼岛民自然更不会告诉他们。

“你们瞧瞧，”派林诺国王说，“这儿好多人哪，他们是不是不大对劲？”

第六章

为了准备第二次战役，卡利昂[①]城里乱成一团。其实梅林早已献上破敌良策，只因事关伏击和外国的秘密援军，不能张扬。洛特的军队节节进逼，兵力又远在国王军之上，他们只好诉诸诡计。这场仗究竟要怎么打，全天下只有四个人知道。

老百姓虽对高层政策一无所知，仍是忙得不可开交。步兵的长矛要磨得锐利，因此镇上的磨石不分昼夜高速运转；还有成千上万枝箭要安上箭羽，因此制箭师傅的屋子即使入夜依旧灯火通明。牧草地上，兴奋的自由民成天追着可怜的鹅群到处跑，只为了拔羽毛制箭。皇家孔雀的羽毛被拔得光溜溜，简直和破扫把没两样。箭术出众者多半喜欢这种乔叟所谓的“孔雀羽箭”，因为感觉比较高级。此外，煮沸浆糊的气味也直冲天际。盔甲师傅为了替骑士打造行头，把工作时间加倍，铁锤叮当作响。铁匠替战马装上蹄铁；修女手中的针线没有停过，为士兵缝织围巾和绷带。洛特王已经提议双方在毕德格连[②]

① 根据马洛礼，Carlion 是亚瑟王早期统治的居城。

② Bedegraine，亚瑟击败叛乱诸王联军之地点，马洛礼在《亚瑟之死》中将之归为谢伍德森林里某处。

决战。

英格兰国王费尽千辛万苦，爬上两百零八级阶梯，来到梅林的高塔房间，敲门进去。魔法师正努力找出负一的平方根，却忘记要怎么算。阿基米德坐在椅背上。

“梅林，我要和您谈谈。”国王喘气道。

梅林砰一声合上书，一跃而起，抓起铁梨木手杖便朝亚瑟扑去，仿佛要赶走迷途的鸡。

“走开！”他大喊，“你在这做什么？你这是什么意思？你不是英格兰国王吗？快走开，然后传我过去！出去出去！从来没听过这种事！马上给我出去，再派人把我叫去！”

“可是我都来了。”

“没这回事！”老人机智地反驳，说完便把国王推出房间，当着他的面轰一声关上门。

“什么嘛！”亚瑟可怜兮兮地步下那两百零八级楼梯。

一小时后，梅林收到了侍从传递的召见信息，来到国王的居室晋见。

“这还差不多。”说着他舒服地坐在一个铺毛毯的箱子上。

“起立。”亚瑟说，接着击掌召来侍从，移走座位。

梅林站起身，气得浑身发抖，双拳紧握，指关节泛白。

“我们上次谈到骑士精神……”国王口气轻快地说。

“我可不记得有这回事。”

“忘啦？”

“我这辈子从来没受过这样的羞辱！”

“但我是国王，”亚瑟说，“你不能在国王面前坐着。”

“胡扯！”

亚瑟笑得东倒西歪，他的义兄凯伊爵士和年老的监护人艾克特爵士原本躲在王座后头，这时也都跑出来。凯伊摘下梅林的帽子，戴在艾克特爵士头上。爵士说：“哎，老天保佑，这下我可成了黑魔法师啦！天灵灵！地灵灵！”每个人都笑了，最后连梅林也忍不住哈哈大笑。侍从搬来椅子让大家坐下，又开了几瓶酒以免会议中途有人口渴。

“瞧，我召开了这场会议。”亚瑟骄傲地说。

说完，他暂停片刻，力图镇静，因为这是他头一回发表演说。

“嗯，和骑士精神有关，我想谈谈这个主题。”国王说。

梅林锐利的眼神紧锁住国王，手指在长袍上的星星和各式神秘符号间颤动，但他不会给予演讲者任何协助。你可以说这是他事业的关键时刻——他倒着活了不知多少世纪，为的就是这一刻，好确定自己究竟是不是白活了。

“我一直在想武力和正义这两件事。”亚瑟说，“我认为做一件事，不应该是因为你**有能力**这么做，而是**出于必要**。简单来说，一枚铜板就是一枚铜板，无论武力在两边怎么敲打，还是不能改变这个事实。这样清楚吗？”

无人答话。

“好，那天我和梅林在城垛上说话，他谈到我们前一场战役中共有七百名步兵阵亡，一点也不像我想像中那么有趣。当然了，只要仔细想，就不会觉得战争有趣。我的意思是说，人不应该自相残杀对吧？活着总是好的。

“很好。可是好笑的是，梅林却帮助我打胜仗。一直到现在仍是这样，这回在毕德格连开战，我们希望也能获胜。”

“我们会打赢的。”艾克特爵士说。他知道制胜的秘密。

“在我看来，这有点自相矛盾。假如战争是坏事，梅林为何要协助我作战？”

依旧没人回答，于是国王以热烈的语气继续说。

“我唯一想得到的，”说着他脸红了起来，“我唯一想得到的解释，就是我……就是我们……就是他希望我赢得这场仗，但这背后还有其他目的。”

他停了下来，望着梅林，可是魔法师刻意撇过头去。

“这个目的——是目的对吧？这个目的就是，假如我打赢这两场仗，成为王国的主人，之后我便可阻止他们，并且改革武力霸权。我猜到了吗？这个答案有没有错呢？”

魔法师头也不回，双手静静放在膝上。

“我猜对了！”亚瑟兴奋高喊。

于是他快言快语起来，差点跟不上自己。

“你们明白了吗？”他说，“武力绝非正义，但世界上有太多人仗着武力胡作非为，我们总得想想办法。这就好像人心一半好一半坏，说不定坏的成分还多些。要是没人管，他们可就乱来了。于是我们常见到布鲁斯·索恩斯·匹帖爵士那样的贵族，成天穿着全套盔甲，四处粗鲁乱闯，任性妄为，还以此为消遣！这就是我们诺曼人的性格，认为上流社会可以罔顾正义，独占一切权力。如此一来，人性坏的部分占了上风，随之而来的便是烧杀掳掠，禽兽不如。

“但是，你们看，梅林要帮助我打赢这两场仗，好让我阻止这一切。他希望我能伸张正义。

“洛特、尤里安和安格西等人属于旧的世界，他们自成一个老式组织，只想依随己意行事。既然他们动辄诉诸武力，又主动向我挑衅，我只好以其人之道还治其人之身。在这之后，真正的工作才要开始。你们懂了吗？毕德格连之战只是起点。梅林要我思考的是战争结束‘之后’的事情。”

亚瑟再度停住，等待其他人发表意见或给予鼓励，但魔法师仍然撇过脸，只有坐在旁边的艾克特爵士能看到他的眼神。

“我仔细想过了，”亚瑟说，“结论是：我们为何不能驾驭武力，使其为正义行事？我知道这听起来天马行空，可是我们的确不能否认‘武力’这东西的存在吧？武力存在于人心坏的部分，无论如何不能忽视。我们虽不能去除这个部分，却可以试着将之导向正途，使其有益而无害。你们懂我的意思吗？”

这下他的听众有兴趣了，纷纷靠前倾听，唯独梅林例外。

“我的想法是，假如我们打赢眼前这场仗，而且国内情势稳定，那么我便要成立一个阐扬骑士精神的组织。我不会惩罚那些坏骑士，也不会吊死洛特，但我会试着招募他们加入这个组织。我们要让这件事成为无上殊荣，甚至变成流行，让每个人都觉得非来不可。接着我要替这个组织立下誓约，规定武力只能依循正义而行。到这里为止懂吗？我这个组织里的骑士将云游四海，依然全副装甲，挥舞宝剑，这是为了让他们发泄打杀的欲望，也就是梅林所谓的猎狐精神。但他们动武的条件是必须依循正义而为，保护少女免受布鲁斯爵士骚扰，改正过去的种种错误，帮助那些遭受压迫的人民，诸如此类。你们了解这个概念吗？就是利用武力，不要与之对抗，把原本的坏事变成好事。好啦，梅林，我想到的就这么多。我已经绞尽脑汁，大概又猜错了吧，不过我真的认真想过，只是想不出更好的主意了。请您说点什么吧！”

魔法师站了起来，像根石柱般挺直身子，伸开双臂，看看天花板，然后念出了西面颂[①]的前几句。

① Nunc Dimittis，出自《圣经·路加福音》(第二章29至32节)。圣灵曾允诺老人西面(Simeon)死前得见弥赛亚，玛利亚和约瑟将婴儿耶稣带至圣殿行洁净礼时，西面正好在场。他认出耶稣即是救世主，于是将耶稣抱在怀中，吟诵此诗，开头是“主啊，如今可以照你的话，释放仆人安然去世”。

第七章

洛锡安城的情势非常复杂。只要牵涉到派林诺国王，再单纯的事也会复杂起来，即使是在这荒凉的北方。首先，他恋爱了——这就是他先前在船上哭泣的原因。他一见到摩高丝王后，便向她解释自己害了相思病，并非晕船。

事情是这样的：几个月前，国王正在格美利南岸追猎寻水兽，它却突然跳进海中游走了。它的蛇头在水面起伏，宛如一条游泳的草蛇。一艘看起来正要去打十字军圣战的船经过，国王随手拦下，而格鲁莫爵士和帕洛米德爵士刚好在这艘船上，两人便好心地调转方向，一起追怪兽去。三人在法兰德斯[①]靠岸，寻水兽溜进当地的森林里。他们借宿在那儿的城堡，受到热情招待。而且，派林诺爱上了法兰德斯女王之女。本来这是桩美事，因为他的意中人是个勤俭持家、勇敢无畏的中年妇人，会烧菜、能骑马走直线，还会整叠床褥。众人的期望却随着魔法渡船的来临而破灭，因为骑士永远无法抗拒冒险的机会，三名骑士上了船，想看看会发生什么事。谁知

---

① Flanders，现今比利时西北两省与法国北部一小部分的区域，面临北海。

道这艘渡船竟自行开走，留下法兰德斯女王之女站在岸边，焦急地挥着手帕。岛屿消失在视线内之前，寻水兽从森林中探出头来。自远处观之，它的表情比公主还要惊讶。从那之后，三位骑士便持续航行，直到抵达外海诸岛。船开得越远，国王的相思病就越厉害，搞得旁人都受不了。他整天写着投递无门的情诗和情书，或者对两个伙伴大谈公主经——她在家族里的昵称是“小猪”。

如此情形若发生在英格兰，或许还不成问题，因为那里的确不时出现派林诺这样的人，旁人也还愿意容忍。可是到了视英格兰人为暴君的洛锡安和奥克尼，这便成了近乎超自然的不可思议事件。岛民无人知晓派林诺国王的身份是真是假、葫芦里究竟卖的是什么药，因此一致认为不要主动告知对抗亚瑟的战事，是比较明智而保险的作法。最好还是等三位来访的骑士计谋揭穿再说。

除此之外，还有一个问题特别令四个男孩烦心。摩高丝王后竟然有意勾引这几位来客。

“我们的母亲大人和那些骑士上山干吗？”一天早上，他们前往圣托狄巴的小屋时，加文问道。

一阵长长的沉默过后，加赫里斯勉强开口说：“他们要去猎独角兽。”

“要怎么猎呢？”

“一定要有个闺女当诱饵。”

阿格凡也知道详细情形，便说：“我们的母亲也去猎独角兽，她就是当他们的闺女。”

他说出此事的声音有些怪异。

加瑞斯抗议：“我怎么不知道她想要独角兽，她从来没说过啊!”

阿格凡斜眼看看他，清了清喉咙，引用道:“聪明人应当见微知著。”

“你怎么知道这件事?”加文问道。

“我听来的。”

有时，这些孩子被排除在母亲的兴趣之外，便会躲在螺旋梯上偷听。

加赫里斯向来是个沉默的孩子，此时难得畅所欲言:“她对格鲁莫爵士说，如果能让国王重燃旧时兴趣，便可消解相思病。他们常说国王有个习惯，就是猎捕一只走丢的怪兽，所以母亲说他们不妨去猎独角兽，而她可以充当他们的闺女。我想他们很惊讶吧。”

他们静静走着，直到加文怀疑地说:“我听说国王的恋人是一名法兰德斯女子，而格鲁莫爵士已经结婚了?还有那撒拉逊人的皮肤是黑的?”

没人应答。

“那是一次漫长的狩猎,”加瑞斯说,“我听说他们什么也没抓着。”

“骑士们和母亲玩得开心吗?”

加赫里斯二度向其他人解释。他虽然安静，却擅长察言观色。

“我看他们什么都不懂吧。”

孩子们个个脚步沉重地走下去，都不愿透露自己的思绪。

圣托狄巴的小屋像个老式的蜂巢形稻草屋，只是比较大，而且是石头砌成的。小屋没有窗户，只有一扇门，要进门还得用爬的。

“圣人先生!”到了以后，他们踢着没用泥灰黏住的石头，喊道："圣人先生！咱们来听故事了！"

对他们而言，圣人是心灵滋养的来源。他就像个精神导师，如同梅林之于亚瑟，多少让他们有点教养。每回孩子被母亲抛弃，便转而向他求助，有如挨饿的小狗饥不择食。他们读书写字就是他教的。

"啊，是你们呀！"圣人说着，将头探出门外。"愿上帝的荣耀与你们同在。"

"荣耀也与您同在。"

"你们可有什么新消息？"

"没有。"加文把独角兽的事压了下来。

圣托狄巴深深叹了口气。

"我这儿也没新鲜事。"他说。

"您可以给我们讲个故事吗？"

"讲故事呀，哎，没好处的。给你们讲故事干吗？我自个儿都不信哩。我已经四十年没打过像样的仗，也没瞧见过白皮肤的姑娘——你们说我哪有故事好讲？"

"您就说个没姑娘也没打仗的故事嘛。"

"哎，那还有什么意思？"他气呼呼地大喊，跑到阳光下。

"如果您去参加一场大战，或许会好些吧？"加文说，不过漏掉了姑娘。

"可怜的我！"托狄巴喊道，"我当个圣人干什么？真搞不懂！要是我能用这根老棍子把谁敲一下……"这时他从长袍下拿出一件吓人的武器。"……可就强过全爱尔兰的圣人啦！"

"跟我们说说这根棍子吧。"

于是他们仔细检视棍子，圣人先生则讲解如何造出一根好武器。他说一定要用树根才行，普通的树枝容易折断，尤其是苹果树；还有要如何为棍棒涂上猪油，包裹起来扳直，并埋进堆肥里，最后再涂上黑铅和油脂。他给孩子看灌铅的地方，末端的钉子和握把处记录过去战绩的刻痕。然后他满怀敬意地吻了手杖，长叹一声，把东西收进长袍底下。他正在做样子演戏，还故意装出口音。

“跟我们说那个从烟囱下来的黑手臂的故事吧。”

“啊，我这会儿没心情。”圣人道，“一点心情都没有，我整个人都着魔啦！”

“我觉得我们也着魔了。”加瑞斯说，“每件事情都不对劲。”

“有这么个故事，”托狄巴开了口，“主角是个女人，和丈夫住在马兰威格[①]，两人只有一个女儿。有天，男人去沼泽地砍柴。到了晚餐时刻，女人派小女孩给他带吃的去。正当那父亲坐下来准备吃晚饭，小女孩突然叫道：‘看呀，爹爹，你看得到地平线下的那艘大船吗？我能让它靠岸呢。’父亲说：‘不可能，我是个大人，可是连我都做不到。’‘嗯，那就瞧我的吧！’小女孩说完，走到旁边的那口井，搅了搅水，船果真就靠岸了。”

“她是个女巫。”加赫里斯解释。

“她母亲才是女巫。”圣人说，然后接着讲下去。

“‘我还能让那艘船撞上岩岸呢！’她又说。‘不可能。’父亲说。‘呵，那你再瞧瞧吧！’小女孩说着跳进井里，船立刻撞上岸边礁石，砸得粉碎。‘这是谁教你的？’父亲问道。‘是母亲呀，你在外

① Malainn Vig，即 Malainn Bhig，位于爱尔兰多纳格省（Donegal）。

头工作的时候，她就在家教我用澡盆变把戏。’”

“她为什么跳进井里？”阿格凡问道，“她全身都弄湿了吧？”

“嘘。”

“男人回家之后，放下刈草刀，坐下来对妻子说：‘你都教这小女孩什么鬼东西？我不喜欢屋子里有妖术，也不想再跟你住下去了。’于是他离家出走，母女俩再也没见过他。我也不晓得后来她们过得如何。”

“有个女巫母亲一定很可怕吧。”等圣人说完，加瑞斯发表了意见。

“娶这种妻子也是。”加文说。

“总比没妻子好。”圣人说完，突然躲回那蜂窝一般的小屋，像是瑞士天气钟里的人，天气放晴时就会缩进去。

男孩们也不觉得惊奇，就围坐在门边，等着其他事情发生，脑中想的尽是水井、女巫、独角兽和母亲的行为。

“我有个提议，”加瑞斯冷不防说，“各位英雄，咱们自己去猎独角兽！”

其他人望着他。

“总比什么都不做好。我们已经一个星期没看到母亲了。”

“她把我们给忘了。”

“才没有，不许你这样说母亲！”

“这是真的啊，连晚餐的时候都不让我们端菜。”

“那是因为她有义务招呼那几个骑士。”

“才怪。”

“不然是为什么？”

“我不说。”

“她正好需要一只独角兽，”加瑞斯说，“如果我们能抓到一只，带回来给她，或许晚餐时她就会让我们上菜了？”

他们仔细思索这个主意，逐渐有了希望。

“圣托狄巴！”他们齐声喊道，“再出来一下！我们想抓独角兽呢！”

圣人把头伸出洞外，狐疑地打量他们。

“什么是独角兽？长什么样？要如何抓呢？”

他郑重地点点头，再度消失在洞口。过了半晌，他手脚并用地爬回来，带着一本学术书籍。这是他唯一的一部世俗作品。如同多数圣人，他靠抄写手稿为生，并为之绘制插图。

“你需要一个闺女当饵。”他们告诉他。

“我们有很多女佣[①]！”加瑞斯说，“随便找哪个都行，不然就找厨子！”

“她们不会愿意的。”

“那就找厨房的女侍，逼她来就行了。”

“然后呢，等我们抓到独角兽，就凯旋归来，献给母亲！以后每天晚餐我们都可以端菜了！”

“她会很高兴的。”

“晚餐后如果有其他活动说不定也可以端菜。”

“格鲁莫爵士会册封我们为骑士。他会说：‘我敢发誓，从来没见过如此勇猛的功绩啊！’”

---

① 英文中 maid 同时有闺女和女佣之意。

圣托狄巴把那本珍贵的书放在门洞外的草地上。草地沾满沙尘，空蜗牛壳四处散落，小小的微黄蜗牛壳上面有紫色螺旋纹。他打开书，原来那是一本动物寓言集，写着“动物习性大全”，每一页都有附图。

在孩子的催促下，他不断翻动印有美丽歌德字体的手稿，跳过迷人的狮鹫、野牛、鳄鱼、蝎尾狮、白鸟、肉桂鸟、赛伦女妖、印度甜树[①]、龙、鲸鱼。羚羊在柽柳树上摩擦弯曲的角，结果缠困住自己，沦为猛兽的猎物——他们没兴趣。野牛藉排气迷惑追兵——同样也只是徒劳。静坐印度甜树上的鸽子躲过龙的侵袭——却也因此为男孩所忽略。豹吐出香气吸引猎物——只是吸引不了他们。还有，如果要欺骗老虎，只要在它脚边丢颗玻璃球，它会以为看到自己的孩子。遇上狮子，只要趴在地上，便可逃过一劫。这种猛兽害怕白色公鸡，会用尾巴卷叶片抹去自己的足迹。高地山羊能从山上一跃而下，毫发无伤，凭藉的就是卷曲的双角。长牙羚羊可以像动耳朵那样动它的犄角。母熊习惯把幼熊当不成形的东西背着，再把它舔成自己喜欢的形状。假如白鸟面朝你坐在床栏上，表示你死期不远。刺猬会收集葡萄给子女吃，它的做法是在葡萄堆里打滚，全身尖刺插满果实带回去。还有那头长了七片鳍、脸上挂着腼腆表情的鲸鱼，你若是不谨慎些，可能会把它当成小岛，划船靠岸。可惜这些依旧抓不住男孩的心。最后圣人总算找到了希腊人称为犀牛的独角兽。

照书上所说，独角兽行动迅捷而且胆小，就像羚羊一样，只有

① Peridexion Tree，一种生于印度的树，果实甜美，鸽子喜欢在此休憩。这种树也能驱赶龙。

一个办法抓得到：你必须以一名闺女做饵；独角兽见她独自一人，会立刻过来把头枕放在她膝上。书上插图中有一名看来不太可靠的闺女，一手握住那可怜东西的角，另一手则招呼着拿长矛的猎人；脸上虚伪的表情与独角兽愚蠢的信任眼神形成强烈对比。

待他们读完指示，也记住插图内容，加文便不再耽搁，立即去找厨房女侍。

“听好了，”他说，“你得跟我们上山去抓独角兽。”

“噢，加文少爷！”被加文抓住的女仆喊道，她叫做梅格。

“没错，你非来不可。还要靠你当诱饵呢，它会过来把头枕在你膝上。”

梅格哭了起来。

“好啦，别闹了。”

“噢，加文少爷，我不想要独角兽呀！我是个听话的女孩，一直很听话的。我还有好多衣服要洗，要是女主人发现我溜出去，我会挨棍子的。加文少爷，我会挨棍子呀！”

加文抓紧她的发辫，硬是把她拖走。

高山上清洌的冷风中，四个孩子商量猎捕的细节。梅格哭个不停，头发被人抓住，逃脱无望。如果抓着她的人需要双手并用比画，便会换人接手，如此轮流下去。

“好，我是队长。”加文说，“我年纪最大，所以队长我来当。”

“可是出点子的人是我。”加瑞斯说。

“现在的问题是，书上说诱饵必须单独留下来。”

“她一定会跑掉。”

“梅格，你会跑掉吗？”

“请让我走吧，加文少爷。”

“你看。”

“那我们得绑住她。”

“噢，加赫里斯少爷，真的要绑我吗？”

“闭嘴，你只是个女生。”

“没有东西可以绑呀。”

“各位英雄，我是队长，我命令加瑞斯跑回家拿绳子。”

“我才不去。”

“你不去的话，事情就要搞砸啦！”

“为什么要我去？这明明是我出的主意。”

“那我命令阿格凡去拿。”

“不要。”

“加赫里斯去吧。”

“我不去。”

“梅格，你这坏女孩，不准你逃走，听清楚没？”

“是的，加文少爷。可是，噢，加文少爷……”

“如果我们能找到坚韧的石南根，”阿格凡说，“就可以把她的辫子绑在上面。”

“就这么做吧。”

“噢！噢！”

四个男孩把闺女绑妥，在她身边围坐下来，商讨下一步。他们从兵器库里偷了几枝真正的猎野猪长矛，可谓武装齐备。

“这女孩就是母亲，”阿格凡说，“这就是母亲昨天做的事，我要当格鲁莫爵士。”

“那我当派林诺。”

“阿格凡要当格鲁莫可以，但诱饵必须独自留下，书上是这么写的。”

“噢，加文少爷！噢，阿格凡少爷！”

“别鬼叫了，你会吓跑独角兽的。”

“然后我们要跑去躲起来。难怪母亲昨天没抓到，因为那几个骑士都留下来了。”

“我要当芬·麦库尔[1]。”

“那我就是帕洛米德爵士。”

“噢，加文少爷，别丢下我一个人啊！”

“不要吵。”加文说，“你真蠢，能当诱饵，你应该觉得骄傲才对。我们的母亲昨天就是如此。”

加瑞斯说：“没关系，梅格，不要哭。我们不会让它伤害你。”

“它只会直接杀死你！”阿格凡恶狠狠地说。

一听这话，可怜的女孩哭得更厉害了。

“你干吗说这种话？”加文愤怒地问道，“你老爱吓人，这下她越哭越大声了。”

“好啦，”加瑞斯说，“好啦梅格，梅格乖，不要哭喔。等我们回家以后，我的弹弓借你玩。”

“噢，加瑞斯少爷！”

“喂，你快过来，别理她了。”

---

① Finn MacCoul，爱尔兰芬尼安史诗（*Fenian Cycle*）中的英雄，自幼受诗人教养，食智慧之鲑鱼而成为智者，缔造许多丰功伟业。

“好啦！好啦！”

“噢！噢！”

“梅格。”加文说着装出一副可怕的表情，“如果你不马上停下来，我就这样盯着你！”

她立刻不哭了。

“好，”加文说，“一等独角兽出现，我们得全部冲出来刺死它，大家听懂没？”

“要杀死吗？”

“对，一定要杀死为止。”

“知道了。”

“希望长矛不会让它太痛苦。”加瑞斯说。

“你就是会有这种蠢念头。”阿格凡说。

“我不懂为何要杀死它。”

“这样我们才能带回家给母亲啊，你这笨蛋！”

“不如我们抓住它，”加瑞斯说，“然后牵回家给母亲，你们觉得怎么样？我的意思是，如果它很温驯，可以让梅格牵着走。”

加文和加赫里斯都赞成。

“如果它很温驯，”他们说，“那活着带回去更好，这可是打猎最好的结果了。”

“我们可以逼它走，”阿格凡说，“一路用树枝打它屁股。”

“还可以连梅格一起打！”他补充了一句。

于是男孩全埋伏起来，决定保持肃静。现场只听见轻柔的风声、石南丛里的蜜蜂嗡嗡声、天际的云雀歌声，以及远处梅格断断续续的啜泣声。

独角兽出现的时候，完全超乎孩子的想像。别的不提，它实在是高贵的动物，有种浑然天成的美感。任何人只要见了它，立刻便会着迷。

独角兽全身雪白，亮银色的蹄，优雅的珍珠色犄角。它灵巧地越过石南丛，脚步轻盈，仿佛没有重量；长长的鬃毛才刚梳理过，此时在轻风吹拂下波荡。独角兽全身最灿烂之处莫过于眼睛，它的鼻子两侧有淡淡的浅蓝皱纹，一直延伸到眼窝，形成包围双眼的忧伤阴影。它的眼睛被这哀伤而美丽的阴影所环绕，流露出的哀愁、寂寥，以及那温柔高贵的悲剧气息，足令观者丧失一切情感，仅仅剩下怜爱。

独角兽走向厨房女佣梅格，在她面前低下头，拱起颈子，用珍珠色的犄角碰触她脚边的土地，又用银色蹄子摩擦石南丛向她致意。梅格忘了哭泣，摆出一个皇家敬礼动作，朝独角兽伸出手。

“来吧，独角兽，”她说，“如果你愿意，请躺在我膝上。”

独角兽嘶鸣一声，又伸蹄扒着地面，然后非常谨慎地单膝跪地，接着另一只脚也跪下，在梅格面前屈起身躯。它以这样的姿势，抬起水汪汪的眼睛望着梅格，最后才把头枕在她膝上。它用自己平坦的白皙脸颊摩擦梅格柔软的衣裳，一脸恳求的神色看着她。独角兽的眼白往上一闪，羞怯地收起两只后脚，静静躺着，仰头凝视。它的眼中流露出信任的神色，举起前蹄，在半空中做出扒弄的动作，仿佛在说：“注意我吧，爱我吧！请抚摸我的鬃毛，好吗？”

埋伏在旁的阿格凡呜咽一声，突然朝独角兽冲去，手中紧握锐利的猎野猪长矛。其他三个男孩见状都站了起来，看着他往前冲。

阿格凡跑到独角兽身旁，举起长矛便往它后腿、纤细的腹部和肋骨猛刺，同时尖声怪叫。独角兽痛苦地看着梅格，猛然一跃起身，满怀责难地看着她。梅格一手握住它的角，仿佛出神了而不自知。她虽只是轻轻握住，独角兽却似乎无法挣脱。在阿格凡的长矛戳刺下，独角兽鲜血四溅，染红了青白色的毛皮。

加瑞斯朝他们跑去，加文紧随在后。加赫里斯最后才到，傻愣愣的不知如何是好。

“住手！”加瑞斯大喊，“别这样刺它！停啦停啦停啦！”

加文也赶到了，阿格凡的长矛就在这时插进独角兽的第五根肋骨下方。只见它一阵颤动，全身发抖着伸直后脚。它的后脚直挺挺的，仿佛即将奋力一跳，然后又是一阵颤抖，在死前的剧痛中晃动。独角兽的视线始终与梅格相对，女孩也一直低头看着它。

“你在干什么？”加文怒吼，“别刺了！不要伤它！”

“噢，独角兽。”梅格悄声说。

独角兽四脚平躺，停止了颤抖，头落在梅格膝上。它的脚踢完最后一下，僵硬了，青色的眼睑垂到一半，再也不动。

“瞧你干的好事！”加瑞斯喊道，“它这么漂亮，你居然杀了它！”

阿格凡吼回去：“这女孩是我母亲，它把头放在她膝上，它就得死！”

“我们不是说好了要留活口？”加文大叫，“我们明明说好要带它回家，然后就可以端菜。”

“可怜的独角兽。”梅格说。

“你们看，恐怕它已经死了。”加赫里斯说。

加瑞斯走到阿格凡面前，面对着长他三岁，可以轻易把他打倒在地的哥哥，他开口质问："你为什么要这么做？你是个凶手！它明明是只可爱的独角兽，你为什么要杀它？"

"它把头枕在母亲的大腿上。"

"它又没恶意！它的蹄是银色的。"

"它是独角兽，本来就该杀。我应该连梅格也一起杀才对。"

"你这个叛徒！"加文说，"我们本来可以把它牵回家并且端菜的。"

"总之现在它死了。"加赫里斯说。

梅格低头看着独角兽雪白的额毛，又抽抽噎噎哭了起来。

加瑞斯抚摸着独角兽的头，别过头掩饰自己的泪水。他这一摸，才发现独角兽的毛皮有多柔顺。他贴近看到了独角兽生命迅速消逝的眼神，彻底体会到整件事的悲剧性。

"唉，总之都死了。"加赫里斯说了第三遍，"咱们还是把它带回家吧。"

"我们居然抓到了耶。"加文说，他这才慢慢明白过来他们已经达成目标。

"畜生一只！"阿格凡说。

"我们抓到了！靠自己抓的！"

"连格鲁莫爵士都抓不到。"

"我们却抓到了。"

加文已经忘记先前的悲伤，反而绕着尸体跳起舞来，一边挥动长矛，一边发出凄厉的怪叫。

"咱们得把它剖开。"加赫里斯说，"一切要照规矩来，先把内脏掏干净，再把它放到马背上，像真正的猎人那样带回城堡去。"

“我们一定会讨她欢喜！”

“她会说：‘老天保佑，我儿子可真是厉害！’”

“我们就可以像格鲁莫爵士和派林诺国王一样，从此事事顺心如意啦！”

“要怎么剖开呢？”

“咱们把内脏挖出来。”阿格凡说。

加瑞斯站起来，走进石南丛里。他说：“我可不想掺一脚。梅格，你呢？”

梅格原本就觉得不舒服，她一言不发。加瑞斯才解开她的头发，她拔腿就跑，只想早点远离这场悲剧，快快回城里去。加瑞斯跟在她后头。

“梅格、梅格！”他喊着，“等等我！别跑呀！”

可是梅格停也不停，飞奔的速度好似羚羊，赤脚在身后轻快跃动，加瑞斯只好放弃。他扑倒在石南丛里，放声大哭起来——他也不知道自己为什么哭泣。

剩下的三个小猎人解剖时遇上了麻烦。他们从腹部割起，却不知正确方法，结果刺穿了肠子，把原本美丽的动物弄得浑身血淋淋，既恐怖又恶心。三人以自己的方式爱着独角兽，阿格凡的感情可能最为扭曲。他们觉得破坏这美丽的东西自己也有责任，出于罪恶感，竟然由爱生恨了。加文尤其讨厌这具尸体，讨厌它没了性命，讨厌它曾经那样美丽，现在却害他自觉禽兽不如。之前他很喜欢独角兽，也是他帮忙逮着的，这下除了把羞愧和自厌情绪通通发泄在尸体上，别无他法。他一阵乱切乱砍，自己也有点想哭。

“咱们搞不定的。”他们喘气道，“就算内脏真的掏干净了，我们要怎么搬下山呢？”

“可是咱们非搬不可，”加赫里斯说，“非搬不可呀！要是不搬，不就一点意义都没了？得把这东西搬回家呀！”

“我们搬不走的。”

“我们没有马儿。”

“平常解剖完不都是放在马背上吗？”

“不然把头砍下来吧！”阿格凡说，“咱们想法子把头砍下来，带头回去就好。有头应该就够了吧，大家一起扛。”

他们虽然打心底讨厌这恐怖差事，仍旧动手割断了独角兽的颈子。

石南丛里的加瑞斯停止哭泣，翻过身来，直直望着天空。他看见一朵朵云庄严地航越无限深远的天穹，只觉头晕目眩，心里想着：从这里到那朵云有多远呢？一英里[①]吗？上面那朵云呢？两英里？在那之后是一英里又一英里，一百万一千万英里虚无的蓝。如果这时天旋地转，或许我会从地面掉下去，那我就可以飞得好远好远。飞过云层的时候，我会试着抓住它们，但不会因此停下，我要去哪儿好呢？

想到这里，加瑞斯觉得有点反胃，加上他原本就因为没去帮忙处理尸体而觉得愧疚，这下更是浑身不对劲。在这种情形下，唯一的办法就是离开让他不舒服的地方，试着将之抛诸脑后。于是他起身去找其他人。

“哈啰！”加文说，“你抓到她了吗？”

“没有，她跑回城堡去了。”

---

① 一英里约为 1.609 公里。

“希望她没跟别人说。”加赫里斯说，“这得是个惊喜，不然就没意思了。”

三名屠夫弄得满头大汗，全身是血，那模样可怜极了。阿格凡还吐了两次。但他们依旧不罢休，加瑞斯也上前帮忙。

“可不能这时候停下来。”加文说，“想想看，要是咱们能带回家给母亲看，那会是什么场面？”

“如果我们能把她想要的东西带回去，说不定她会上楼来道晚安哟！”

“她会笑着说我们是伟大的猎人。”

好不容易切断了恐怖的脊椎骨，却发现独角兽的头太重，他们根本扛不动。他们试着合力抬起，结果把自己弄得浑身血污。后来加文提议用绳子拖，偏偏又没绳子。

“我们可以抓着角拖。”加瑞斯说，“反正是下坡路，一路推拉就好了。”

因为一次只能有一个人握住，他们便轮流拖。若是独角兽的头被石南树根绊住，或卡在山沟里，其他人就帮忙推。即使是这样，对他们而言还是很重，所以每走个二十码就得停下来换手。

“等咱们回到城堡，”加文喘着气说，“就把头摆在花园的椅子上。母亲大人用餐前散步的时候一定会经过。咱们站在头前面挡着，等她走近了，再突然同时站开，独角兽就出现啦！”

“她一定会吓一跳。”加赫里斯说。

等他们好容易下了山坡，头又被钩住了。他们发现在平地上无法继续用拖的，因为角抓不稳。

这时已经快到晚饭时间，眼看情况紧急，加瑞斯自告奋勇跑回城里拿绳子。他们把绳子绑在血肉模糊的头上，最后总算把这个眼睛稀烂、皮开肉绽、骨肉几乎分家、沾满泥泞和血腥，还缠着石南的展览品拖进草药花园，放上椅子。加瑞斯还特地试着把那东西撑起来，希望能稍微呈现出记忆中的美丽。

魔法王后果然准时来散步了，她一边与格鲁莫爵士聊天，脚边则跟着玩赏犬特雷、布兰齐和甜心。她并未注意到站在椅子前的四个儿子。他们恭敬地站成一排，浑身脏兮兮，兴奋而且满怀希望。

“好！”加文一声令下，他们同时站开。

摩高丝王后没看到独角兽。她脑中想着别的事情，和格鲁莫爵士一同走过去了。

“母亲！”加瑞斯喊的声音有些古怪，他追了上去，拉拉王后的裙摆。

“嗯，小乖乖，什么事呀？”

“噢，母亲，我们给您抓了一只独角兽。”

“格鲁莫爵士，您看他们多可爱。”她说，“哎，我的小亲亲，你们自己去厨房要牛奶喝吧！”

“可是，妈……”

“好了好了，”她低声说，“改天再说吧。”

于是王后神色自若地离去，一头雾水的野森林骑士跟在后头。她并未注意到孩子们的衣服又破又脏，甚至连责骂都没有。当晚稍后，她发现了独角兽，把孩子鞭打了一顿，因为她自己和英格兰骑士耗费了一整天工夫，却什么也没抓到。

第八章

毕德格连平原上帐棚林立，七彩缤纷，看起来像一座座老式浴棚。有些还真的像浴棚一样有条纹，但多数是没有花纹的黄绿等颜色。帐棚上往往缝了或印了纹章图样，例如巨大的双头黑鹰、飞龙、长枪、橡树，或与主人姓名谐音的事物。比方说凯伊爵士的帐棚上画了一把黑钥匙，敌对阵营的乌尔巴爵士[①]则是穿着飘垂袖子的手肘。这种袖子的正确名称是“曼奇袖”。帐棚顶端燕尾旗飞扬，成捆的长矛斜靠其上。好动的贵族会在门外挂上盾牌或大铜盆，你只要用枪托撞击这些器具，回声还没散去，里头的贵族便会暴跳如雷地冲出来，要和你一决胜负。好脾气的狄纳丹爵士在帐棚外挂了一个夜壶。除了帐棚，当然就是营地里的人。帐棚四周到处是人，厨师正和偷吃羊肉的狗儿吵架；小随从趁别人不注意，在对方背上写骂人的话语；还有歌手优雅地弹着鲁特琴，情感丰富地吟唱近似《绿袖子》的曲调；也有些侍从一脸天真模样，却把患了跗节肉肿的马匹卖给别人；乐师弹起六弦琴，试图赚点蝇头小利；吉普赛

① 凯伊（Kay）与钥匙（key）音近，乌尔巴（Ulbawes）则与手肘（elbow）音近。

人为你预卜战事凶吉；身躯庞大、头巾裹得乱七八糟的骑士下着西洋棋，有些随军女贩便坐在他们大腿上。除此之外，尚有小丑、吟游诗人、特技演员、竖琴手、歌手、弄臣、魔术师，还有人跳着熊舞、鸡蛋舞、梯子舞、芭蕾舞；江湖郎中、表演吞火和走绳索特技的人轮番献上余兴节目。从某方面来看，还真像德比的赛马日[1]。谢伍德森林环绕着营棚林立的阵地，向远方不断延展，直到视线之外。林中充满野猪、正值壮年的公鹿、不法之徒、火龙和紫蛱蝶，此外还埋伏了一支军队，但这件事没人知道。

亚瑟王对即将来临的战事不加闻问。他的营棚位于阵地熙攘骚动的中心，他便隐身帐幕之后，日复一日对艾克特爵士、凯伊或梅林大发议论。下头的军官见丝质营帐里整日灯火通明，以为国王接连不断召开作战会议，肯定有什么厉害的破敌良策，为此大感欣喜。事实上，谈话的内容与战事无关。

“一定会有人相互较劲呀！”凯伊说，“到时候你这个组织里的骑士人人都争着当第一，每个人都想坐主位。”

“那我们就用没有主位的圆桌。”

“可是，亚瑟，哪有圆桌坐得下一百五十个骑士呢？我算算……”

近来梅林很少参与争论，总是双手交叠于腹部，面带微笑坐在一旁。这时他出面替凯伊解决难题。

“直径至少要四十五公尺。”他说，“半径乘二再乘π就是周长。”

---

① Derby Day，在英国中部德比郡举办的赛马大会。

“嗯，好，假设直径就是四十五公尺吧，那桌面得要多大呢？那不就是像一片大海，周围一点点人。中间连菜都不能摆呢，因为没人够得到。”

“那我们就换成环状的桌子，”亚瑟说，“不要用圆的。我不知道正确的说法是什么，总之像车轮的轮框，仆人可以在轮辐间空出来的地方走动。就叫他们‘圆桌武士’好了。”

“好名字！”

“重要的是……”国王想得越多，就越见其睿智；他继续说道：“最重要的是，从他们年轻的时候就要开始。现在和我们作对的老骑士年纪都大了，很难再学新东西。要拉他们入伙不难，教他们用正确的方式动武也还办得到，可是恐怕积习难改，就像布鲁斯爵士。格鲁莫和派林诺——当然要拉他们进来——这会儿不知道在哪？格鲁莫和派林诺一定没问题，因为他们本来就很和气。但如果换成洛特的手下，恐怕就很难习惯了。所以我才说要从小开始。为了将来着想，我们必须培育新一代的骑士，上回跟那个谁来的蓝斯洛就是个好例子，我们得多找些像他那样的孩子。他们才是圆桌的中心支柱。”

“说到‘圆桌’，”梅林开口道，“我不妨让你知道一下，罗德格兰斯国王正好有一张很适合。既然你会娶他女儿，他说不定愿意把那张桌子当结婚贺礼送你。”

“我会娶他女儿？”

“是啊，她叫桂妮薇。”

“呃，梅林，我并不想知道太多将来的事，我也不见得相信……”

“有些事情，”魔法师说，“无论你相不相信，我都得告诉你。

麻烦的是，我总觉得有件事忘了告诉你。记得提醒我，下回有空要警告你桂妮薇的事。”

“您把大家都搞糊涂了！”亚瑟埋怨道，“我也忘了自己原本要问您什么，比如说谁是我的……”

“到时候你必须大宴宾客，”凯伊打断他，“像是在五旬节的时候，邀请所有骑士共进晚餐，讲讲他们的事迹。如果事后能向别人叙述自己的丰功伟业，他们一定愿意照你的新方法去打。梅林可以用魔法把每个人的名字印在座位上，再把徽章刻在椅背上，一定很壮观！”

一听这令人兴奋的想法，国王把原先的问题丢到脑后，两个年轻人立刻坐了下来，画起自己的纹章给魔法师看，以免他弄错颜色。画到一半，凯伊抬起头，吐了吐舌，“对了。您还记不记得上回我们争论‘侵略’这码子事？嗯，我倒是想了一个开战的好理由。”

梅林整个人僵住了。

“说来听听。”

“要有开战的好理由，只要找个好理由就行啦！比方说吧，如果有个国王发现一种新的生活方式，对大家都有好处，说不定还是唯一能拯救人类免于灭亡的方法。可是万一人类太坏或太愚蠢，不接受他的劝说呢？为了众人利益着想，他可能就得用武力逼迫他们。”

魔法师紧握双拳，使劲绞着长袍，浑身剧烈发起抖来。

“真有意思，”他颤声道，“真是太有意思了。我年轻的时候，的确就有这么一个人。那家伙是个奥地利人，发明了一套新的生活方式，认为自己应该将之付诸行动，于是就用武力试图强迫改革，使整个文明世界陷入痛苦和动荡之中。不过呢，我的朋友，那家伙忽略了一件事，那就是改革这行里有位老前辈，叫耶稣基督。我们不妨假设耶稣和那奥地利佬一样，都懂得要怎么拯救世人。有趣的是，耶稣可没有把门徒训练成突击队员，也没有焚毁耶路撒冷的神殿或把过错一律推到彼拉多身上。相反的，他很清楚地让人知道，哲学家的职责在于‘提供’新的想法给世人，而不是逼迫他们接受这些想法。”

凯伊脸色苍白，仍有些不服气。

他说：“亚瑟现在打的这场仗，不就是要逼迫洛特王接受他的想法吗？”

第九章

王后提议猎捕独角兽，却产生了意想不到的结果。派林诺国王越是相思情切，众人越觉得要想办法帮帮他。帕洛米德爵士有个灵感。

“要解除陛下的忧郁，”他说，“只有靠寻水兽了。这个习惯已经跟了大君阁下[①]一辈子，敝人在下我不是一直强调这点吗？”

“就我个人来看，寻水兽已经死啦！不然也是远在法兰德斯。”格鲁莫爵士道。

“那我们必须打扮一番，”帕洛米德爵士说，“假扮成寻水兽，自己上场供人猎捕。”

“恐怕有点强人所难。”

可是撒拉逊人满脑子都是这个主意。

“怎么会？”他问道，“看在老天分上，怎么会呢？小丑不都是穿着动物服饰，扮成鹿啊、羊啊什么的，配合铃铛和小鼓的音律转

---

① 原文是 maharajah sahib，指印度的大君，sahib 是殖民时代印度人对欧洲人的敬称。怀特应是故意藉此强调帕洛米德是异教徒（撒拉逊人）。

圈跳舞吗？”

“可是帕洛米德，咱们可不是小丑啊！”

“学学他们不就成了？”

“学做小丑吗！”

小丑就是杂耍艺人，是一种地位低贱的吟游诗人，格鲁莫爵士一点都不喜欢这个主意。

“可我们要如何扮成寻水兽呢？”他有气无力地问，“这东西复杂得很！”

“请描述一下。”

“哎，该死的，它生了蛇头豹子身体，狮子屁股雄鹿脚，而且啊，老兄，我说咱们哪学得了它肚子里的声音？听起来就像三十对猎犬在吠啊！”

“敝人在下来当肚子，”帕洛米德爵士回答，“我就这么叫。”

他唱起了约德尔调[①]。

“嘘！”格鲁莫爵士惊叫，“你会把城堡里的人统统吵醒的！”

“那就这么说定了？”

“说定个鬼！这辈子没听过这种荒唐事！而且它可不是这种叫法，是像这样。”

接着格鲁莫爵士唱起不成调的男高音，有如瓦士湾[②]里几千只野雁齐声鸣叫。

“嘘！快收声啊！”帕洛米德爵士大喊。

---

① Yodel，一种阿尔卑斯山区特有的真假嗓互换唱法。

② The Wash，位于英格兰东部的北海水湾。

“我才不收声！你刚才那是在学猪叫！”

于是这两位博物学家开始互相学猫头鹰咕咕叫、学猪呼噜叫、学海鸥嘎嘎叫、学婴儿呜呜叫、学公鸡喔喔叫、学牛哞哞叫、学狗汪汪叫、学鸭子呱呱叫、学猫咪咪叫，叫得脸红脖子粗。

“这个头嘛，”格鲁莫爵士突然停下来说，“得用厚纸板做。”

“或者用帆布？”帕洛米德爵士说，“附近的渔民应该有不少。”

“不妨用皮靴做蹄子。”

“在身上漆些豹纹。”

“身子中间得用纽扣扣住……”

“……咱们俩就这么接在一块。”

“而你呢，”帕洛米德爵士慷慨地说，“就当后半部好了，由你来学狗吠。显然声音是从肚子里出来的。”

格鲁莫爵士开心得红了脸，操着沙哑的诺曼腔说：“哎，真是谢谢啊，帕洛米德。我得说，您可真是个大好人！”

“哪里哪里。”

此后一整个星期，派林诺国王很少见到两位朋友。“派林诺，你去写情诗吧。”他们告诉国王，“不然就到悬崖边唉声叹气去，听话呀！”于是他四处闲晃，偶尔灵感来了，便喊着“法兰德斯——发懒的斯”①或“女儿——履行”。②阴郁的王后则总是离他不远。

在这同时，帕洛米德爵士锁上房门，两个人躲在里头又缝又剪，一下上漆一下吵架，有着前所未有的热烈气氛。

---

① 文字游戏，原文是 Flanders — Glanders，glanders 是马鼻疽病。

② 也文字游戏，原文是 Daughter — ought to。

“我的好伙计，我不是跟你说了？包子[①]的花纹是黑色的。”

“是深褐色。”帕洛米德爵士固执地说。

“啥深褐色？再说咱们也没有这颜色啊！”

两人像捍卫自己创作似的怒视对方。

“头做好了，戴戴看吧。”

“瞧你把东西扯破了，我就说你笨手笨脚。”

“本来就做得不牢靠。”

“这下又得重做一个。”

重建完成后，异教徒骑士退后一步欣赏作品。

“帕洛米德，别碰到豹纹啊！唉，又给你弄糊了。”

“一千个对不住！”

“走路要看路呀！”

“哼，是谁把它的脚插进肋骨啦？”

到了第二天，怪兽的后半身又出了问题。

“屁股太紧了。”

“别弯腰就行了。”

“我要当后半身，非弯腰不可。”

“不会裂开的。”

“一定会。”

“我说不会就不会。”

“看吧，果然裂开了。”

到了第三天，格鲁莫爵士说：“注意我的尾巴，你踩在上

---

① 即“豹子”误音。

头了。”

“格鲁莫，别抓太紧，我的脖子扭到了。”

“你看不到吗？”

“对，我看不到，我脖子扭到了。”

“你又踩到我的尾巴了。”他们安静了一会儿，解决了问题。

“好，这回当心点，咱们脚步要一致。”

“您来喊口号吧。”

“左！右！左！右！”

“我觉得屁股要掉下来了。”

“如果您不抓紧敝人在下我的腰，咱们可要分家了。”

“哎，我得抓着屁股，一定得放开。”

“纽扣松开了。”

“去他的纽扣。”

“敝人在下我不是说过了吗？”

于是他们利用第四天缝好纽扣，重新开始。

“我可以练习吠叫吗？”

“可以，请啊！”

“你觉得我的叫声从里面听起来如何？”

“好极啦，格鲁莫，好极了。只不过声音从我后面来，有些古怪，您懂我的意思吧？”

“我觉得声音挺模糊的。”

“是有那么一点。”

“或许外面听起来没问题。”

到了第五天，他们有了长足的进步。

“我们应该来练习快跑。总不能老是用走的，不然到时候他追来怎么办？”

“有道理。”

“等我说跑，就开始跑啊。预备，准备好了，跑！”

“留神啊，格鲁莫，您顶到我了！”

“顶到你？”

“小心床。”

“您刚才说什么？”

“哎呀，我的天！”

“把这床给烧了吧！哎哟我的脚！”

“您又把纽扣给扯开了。”

“去他的纽扣，我撞到脚趾啦。”

“呼，敝人在下我的头也掉了。”

“我们还是用走的就好。”

第六天，格鲁莫爵士说：“如果有音乐可以搭配，跑起来应该会容易些。你懂我意思吧？就是听起来像马蹄快跑的声音。”

“可惜咱们没音乐可配。”

“的确没有。”

“我说帕洛米德，我吠的时候，能不能请你一边唱‘哒哒’呢？”

“敝人在下我愿意试试。”

“太好了，咱们这就出发！”

“哒哒！哒哒！哒哒！”

“该死的！”

“咱们又得重做了。”周末时，格鲁莫爵士说，“不过蹄子还能用。”

“我想以后到了外头，跌倒应该就不那么痛了。您懂我的意思吧？就是跌在青苔上啊。”

“或许帆布也不会扯得那么厉害。”

“咱们把它缝成两层，弄得更坚韧些好了。”

“就这么办。”

“我真高兴蹄子还能用。”

“我说帕洛米德，这东西看起来可真像一只凶猛的怪物啊！”

“这回做得实在是好极了。”

“可惜没法让它嘴巴喷火什么的。”

“万一烧起来就危险了。”

“帕洛米德，咱们要不要再跑一回？”

“当然好。”

“先把床推到墙角吧。”

“当心纽扣啊。”

“如果你发现我们就要撞上什么东西，就停下来，懂吧？”

“知道了。”

“帕洛米德，表面放亮点啊！”

“没问题，格鲁莫！”

“那准备好了吗？”

“好了。”

“咱们上路吧！”

“帕洛米德，刚才可真是一路狂飙啊！”出身野森林的骑士喊道。

“跑得真是漂亮。”

“您可注意到我从头到尾吠个不停？”

“格鲁莫爵士，我怎么可能没注意到呢？”

“呼呼，我已经好久没这么开心过了。”

他们披着一身怪兽行头，兴高采烈地喘着气。

“我说帕洛米德，瞧我甩尾巴呀！”

“真有您的，格鲁莫爵士，我也会眨眼呢。”

“不不，帕洛米德，你看我的尾巴，错过可惜啊。”

“哎，我看您甩尾巴，您也该看我眨眼睛吧，这样才公平。”

“可我人在里面，什么都看不到！”

“这个嘛，格鲁莫爵士，敝人在下我也没法转头看肛门。”

“好了，咱们再跑最后一趟。这回我不但要叫个痛快，还要甩尾巴。这样肯定很吓人。”

“敝人在下我则会持续眨眼。”

“帕洛米德，咱们跑的时候偶尔跳个两下，你觉得怎么样？你懂我意思吧，就是后脚腾跃那样。”

“既然是后脚腾跃，自然是由后半部独自发动比较有效。”

“你是说我可以自己来？”

“正是。”

“哎，帕洛米德，你真是大好人一个，居然让我一个人跳啊！”

“敝人在下我相信您在腾跃的时候会稍加留心，以避免对前半部的后面造成撞击吧？”

“帕洛米德，就照你说的！”

“穿靴备鞍呀，格鲁莫爵士。”

“哟呼，帕洛米德爵士。”

“哒哒、哒哒、哒哒，我们出发去探寻！”

王后承认这件不可能的事。即使她的思想为盖尔族的恶意所障蔽，总算也明白驴子不与蟒蛇为伍。无论她怎么在那群可笑的骑士面前展现她的才能与美貌，或者继续以爱情为饵追求他们，都没有用。他们不过是一群撒克逊蠢材，而她却是个圣人。情势一转，王后发现自己只在乎可爱的孩子。对他们来说，她可是全世界最伟大的母亲！她心里惦记着儿子，胸中充满母性之爱。所以，当加瑞斯紧张兮兮地带了一束白色石南来到她的卧房，为上回挨鞭子赔不是的时候，她抱着加瑞斯亲个不停，眼角还同时瞄着镜子。

他挣脱怀抱，擦干眼泪，一方面觉得不舒服，一方面满心狂喜。他带来的石南被漂亮地插在一个没加水的杯子里——母亲是个以家庭为重的人哪！而他可以自由离去了。于是加瑞斯带着母亲原谅的消息，蹦蹦跳跳跑出皇家寝室，像个陀螺似的下螺旋梯去了。

这里和亚瑟王儿时玩耍的城堡大不相同。若非那座长椭圆形的塔屋，诺曼人大概认不出这是城堡。它比诺曼民族所知的任何事物都要老上一千年。

男孩跑步穿梭于城堡之中，要把母亲的关爱带给兄长知道。这座城堡起源于远古时代，本是一座海角堡垒，原住民的神异地标。他们被火山洪流般的无情历史逼到海边，于此海角天涯负隅顽抗。他们背对汪洋，在状如舌头的陡峭岩壁上筑起高墙。高墙横越舌根，而那原本象征毁灭的无边大海，反而成为周围的天然防卫。正是在这海岬上，身上涂着蓝色颜料的食人族用石块堆砌高墙，十四英尺高、十四英尺宽，内有排屋让人从中投掷燧石。他们在高墙外侧安插千百尖石，构成一面朝外的铁蒺藜，有如惊怕的刺猬。夜晚，他们在高墙的庇护下，与家畜一同挤在木造小屋里。敌人的首级高悬于墙头长竿之上作为装饰，国王更在地底秘密建造藏宝室，同时充作地下逃生管道。通道由高墙下方穿出，即便堡垒陷落，他也可以偷偷溜到敌军背后。通道一次仅容一人通过，此外亦设有特殊扭索，若后有追兵，则可趁其解除障碍物时袭其头部。挖掘这座地下通道的工人事后被祭司王处决，藉此保守秘密。

这都是千年以前的事了。

随着原住民的保育政策，洛锡安城不断扩建。由于斯堪的纳维亚的侵略，这儿冒出一座长形木屋；那儿的原始石墙则被推倒，改建圆塔供僧侣居住。那座包含牛棚和两间寝室的椭圆形塔屋，则是最后才兴建的。

加瑞斯便是在这片杂乱的岁月残墟里蹦跳奔跑，寻找自己的兄长；是在单坡顶屋和改装的建筑之间——它们本来是刻着欧延[①]文字，纪念过世已久的某甲之子某乙的石碑，后来才上下颠倒并入棱堡；是在那被大西洋气流涤净，因而显得嶙峋的迎风峭壁上。小渔村依山傍海，位于下方的沙丘之间；是在那视野宏阔，放眼望去能见到十英里外的大浪和百余英里天际积云的地方。爱尔兰的圣人与学者沿海而居，以一种既神圣又恐怖的姿态藏身圆顶石屋之中。他们在蜂巢小屋里背诵五十首诗篇，在旷野中背诵五十首诗篇，跳入冰冷的海水中背诵五十首诗篇，藉此表达对人世的强烈憎恨。圣托狄巴绝非其中典型。

---

① Ogham，g 不发音。公元四世纪至七世纪用来写爱尔兰文的字母。亦见“欧甘”的译法。

加瑞斯在储藏室里找到三位哥哥。

这里混杂了许多气味，包括燕麦、火腿、熏鲑鱼、干鳕鱼、洋葱、鲨鱼油、一桶桶腌渍鲱鱼、大麻、玉蜀黍、鸡毛、帆布、牛奶——每周四在此制作奶油；还有干燥中的松木和草药、苹果、鱼胶、制箭师傅用的亮光漆、外国香料、捕鼠器里的死老鼠、鹿肉、海草、木头刨花、一窝小猫、还没卖掉的深山绵羊毛以及辛辣的焦油。

加文、阿格凡和加赫里斯坐在羊毛上吃苹果，争论不休。

“这不干咱们的事。”加文固执地说。

阿格凡哀声道：“明明就是呀！这件事和我们最有关系，而且又是错的。”

“你竟敢说母亲是错的?”

“她有错。”

“她没错。”

“你能提出证……”

“以撒拉逊人来说，他们算是不错了。”加文道，“格鲁莫爵士昨晚让我试戴他的头盔呢。”

“那跟这一点关系都没有。”

加文说：“我不想谈了。讲这种事真下流。”

“不愧是加文!”

加瑞斯一进门，便看到加文怒视阿格凡，一头红发下面红耳赤。很明显他又要大发雷霆了，偏偏阿格凡又是个倒楣的知识分子，即使受到暴力胁迫，还是碍于自尊而不肯让步。他就是那种吵到一半就被人打倒在地，却仍然躺在地上嘲讽对方的人。“来呀，再多打几拳呀，让我瞧瞧你有多聪明！”

加文瞪着他。

“闭上你的嘴。”

“我不要。”

“那我就让你闭嘴。”

“不管你怎么做，事实就是事实。”

加瑞斯开口说：“阿格凡，别闹了。加文，你不要理会他。阿格凡，你要是不闭嘴，他可是会杀了你喔。”

“我管他杀不杀我，反正我说得没错。”

“不要吵了。”

“我偏要吵。我说咱们应该写封信给父亲，向他报告那些骑士的事。我们应该把母亲的事告诉他，我们……”

他话还没说完，加文又冲了上去。

“你这灵魂卖给魔鬼的家伙！”他怒吼，“叛徒！啊！你好大的胆子！”

阿格凡做了一件他们起冲突时从来没发生过的事。因为他比较弱小，又很怕痛，因此他被揍倒的时候，竟拔出匕首来对付兄长。

“注意他的手啊！”加瑞斯大叫。

那两人在羊毛堆里滚了又滚。

“加赫里斯，抓住他的手！加文，不要打了！阿格凡，把刀子丢掉！阿格凡，你如果不把刀子丢掉，他真的会杀死你。啊，你这个残忍的人！”

男孩的脸色发青，匕首早已不知去向。加文双手掐住阿格凡的喉咙，正凶狠地抓阿格凡的头去撞地板。加瑞斯抓住加文的上衣领口，扭转衣领使他呼吸困难。加赫里斯躲得远远的，四处找寻匕首。

“放开，”加文喘着气，“放开我！”他沙哑地咳了两声，有如幼狮学习怒吼。

阿格凡的喉结受了伤，此刻他肌肉放松，双眼紧闭，躺在地上打嗝，看起来仿佛命在旦夕。他们把加文拉开，按在地上，他还挣扎个不停，想要继续未完成的工作。

离奇的是，每当他陷入这种狂怒之中，便仿佛没了人性。多年以后，当他又被逼进这种状态时，甚至还动手杀害女性——虽然事后悲痛不已。

假寻水兽完成之后，两位骑士把它带出城堡，藏在悬崖底下的一个洞穴里，正好位于高潮线上方。接着两人喝威士忌庆祝，眼看天色渐暗，便找国王去了。

两人发现国王在自己房间里，手拿鹅毛笔，面前一张羊皮纸。纸上没有诗文，只有一张草图，画着两颗交叠的心，上面各自写着P[①]，被一箭穿透。国王正擤着鼻子。

“派林诺，打扰了。”格鲁莫爵士说，“咱们在悬崖上看到了怪东西啊！”

“是什么脏东西吗？”

“哎，也不尽然……”

“我倒希望是。”

格鲁莫爵士仔细衡量情势，把撒拉逊人拉到一边。两人决定采

---

① 派林诺（Pellinore）和小猪（Piggy）的字首都是P。

取迂回战术。

“噢，派林诺，”格鲁莫爵士口气冷淡地说，“你在画什么东西？”

“你觉得是什么？”

“看起来像一幅画。”

“就是一幅画。”国王说，“真希望你们俩离我远一点。我的意思是，如果你们知趣一点就好了。”

“如果你在这儿画一条线，应该会好些。”格鲁莫爵士继续说。

“在哪里？”

“这儿，就猪这个地方。”

“老兄，我完全听不懂你在说什么。”

“真对不住啊，派林诺，我以为你在闭着眼睛画猪。”

帕洛米德爵士觉得自己介入的时候到了。

他欲言又止地说：“老天保佑，格鲁莫爵士可瞧见了一桩奇事啊！”

“什么奇事？”

“是一个东西。”格鲁莫爵士解释道。

“什么样的东西？”国王狐疑问道。

“你会喜欢的东西。”

“生了四只脚。”撒拉逊人说。

“可是一只动物？”国王问道，“还是植物？矿物？”

“动物。”

“是猪吗？”国王又问，约略猜到两人意有所指。

“不，不是啊，派林诺，不是猪。快把猪从你脑袋里赶出去。

这东西叫起来像猎犬哪！”

“像六十只猎犬哟！”帕洛米德爵士解释。

“那准是鲸鱼了！”国王大叫。

“不不，派林诺，鲸鱼哪有脚呢？”

“可是这声音没错呀！”

“鲸鱼真发出这种声音？”

“老兄，我怎么会知道？把话说清楚吧。”

“知道了，可是要怎么讲呢，这就像个猜动物游戏啊。”

“不不，派林诺，这是咱们看到的一只会吠的东西。”

“噢，我说！”他哀嚎着说，“你们两个闭嘴吧！不然走开也好！一下鲸鱼一下猪，这会儿又会吠了，我哪知道这是什么东西？你们行行好，别来烦我，就让我画点小东西，然后自己上吊吧，也就这么一回了。我是说，这样的要求也不过分，对吧，啥，你们懂吗？”

“派林诺，”格鲁莫爵士说，“你要振作起来！咱们瞧见的可是寻水兽啊！”

“为什么？”

“为什么？”

“是的，为什么？”

“你为什么问为什么？”

“我的意思是，”格鲁莫爵士解释，“你大可问‘在哪里？’或是‘什么时候？’，但为什么问‘为什么’呢？”

“为什么不呢？”

“派林诺，你脑袋不清楚啦？你听我说，我们看到了寻水兽，这东西就在外头悬崖上，近得很哩！”

“是‘它’，不是‘东西’。”

“老伙计，管它是不是东西，总之咱们看见啦！”

“那你们怎么不去抓？”

“派林诺，要抓它的人不是我们，而是你啊！再怎么说，这是你一生的志业，对不对？”

“它又蠢又笨。”国王说。

“它蠢不蠢不是重点，”格鲁莫有些不高兴，“重点在于，它是你的代表作啊，你不是常说吗？只有派林诺家的人才抓得到它！”

“抓它有什么意义？”国王问道，“啥？而且它在悬崖上说不定快活得很。真不懂你们在大惊小怪什么。”

“真正叫人难过的，”他话锋一转，“是有人想结婚却结不成。我是说，那只怪物对我有何好处？我可没娶它对吧？所以我干吗成天追着它跑？这不合逻辑嘛！”

“派林诺，你就是需要好好打个猎，抖擞一下精神。”

他们把笔拿开，给国王倒了几大杯威士忌，自己也不忘喝个几口。

“看来也只有这么做了！”他突然说，“再怎么说，只有派林诺家的人才抓得到！”

“这样才勇敢！”

他们来不及阻止他，他便又说：“可我有时想起法兰德斯女王的女儿，还是会难过。格鲁莫，她并不漂亮，但她懂我。我们挺合得来，你懂我意思吧？我脑袋或许不怎么灵光，一个人的时候又老碰上麻烦，可是我和小猪在一起的时候，她总是知道该怎么做。也算是有个伴。年纪渐渐大了，有个伴总是不错的，尤其是在我追了大半辈子的寻水兽之后，啥？在森林里多少有些寂寞，倒不是说寻水兽不够格当个伴，它也算是。可你没法和它讲话呀，小猪就不会这样。而且它又不会做菜。我实在不该跟你们说这些无聊事，可是说真的，有时我都觉得自己撑不下去了。小猪一点也不轻浮哟，你懂吧？我是真的爱她，格鲁莫，真的，如果她愿意回我的信，那不知该有多好。”

“可怜的老派林诺。”他们说。

“帕洛米德，我今天瞧见七只喜鹊哩，就像厨房里整排油炸锅一样飞过。”

“一只悲伤，”国王向他们解释，“两只喜悦，三只成婚，四只生男，所以七只就是四个男孩，对吧，啥？”

“一定是。”格鲁莫爵士说。

“它们将会叫阿格洛法、帕西法、拉莫瑞克，还有一个的名字很滑稽，可我这会儿想不起来。就是这样。不过我可真希望有个儿子叫多拿尔。”

“听我说，派林诺，过去的事就让它过去了，你要学着点，不然只是折磨自己。比如说啦，何不鼓起勇气，去追你的寻水兽呢？”

“我看我非追不可了。”

“就是这样，先别想其他的事。”

“我已经十八年没追了，”国王闷闷不乐地说，“换点事情做也不错。不知那猎犬跑哪去了？”

“啊，派林诺！你可想起来了！”

“高贵的国王陛下不如即刻启程？”

“什么？帕洛米德，今晚就去？摸黑吗？”

帕洛米德爵士偷偷用手肘碰了格鲁莫爵士。“俗话说真金不怕火炼。”他悄声道。

“我懂你的意思了。”

“我想也没关系，”国王说，“现在什么都没关系了。”

格鲁莫爵士重新掌握了局势，便喊道：“那太好啦！咱们就这么办：就在今天晚上，老派林诺埋伏在悬崖边，我们俩呢，则一路把寻水兽赶过去。下午才看过它，跑不远的。”

稍后，两人摸黑穿戴怪物装的时候，格鲁莫爵士问道：“刚才我说咱们负责赶寻水兽过去，你觉得我这个理由聪不聪明？”

“神来之笔。”帕洛米德爵士道，“我的头没歪吧？”

“好老弟，我什么都看不到。”

撒拉逊人的声音听来有些不安。

“可真是暗得很！”他说。

“别担心，”格鲁莫爵士说道，“正好掩盖咱们服装的小缺陷。说不定过一会儿月亮就出来了。”

“老天保佑，他的剑向来不怎么利。”

“哎，好了好了，帕洛米德，别临阵畏缩啊。利不利我是不晓得，但我倒是精力充沛。可能是喝酒的关系。我告诉你，今晚我可要吠个过瘾，跳个痛快！”

“格鲁莫爵士，您跟我扣在一块儿了，那几个纽扣扣错了。”

“请原谅啊，帕洛米德。”

“您是不是甩甩尾巴就好，不要跳了？因为跳的时候前半身不大舒服。”

“我不但要甩，也要跳！”格鲁莫爵士口气坚定。

“就照您的意思。”

“帕洛米德，把你的蹄子拿开，又踩到我的尾巴了。”

“刚出发的时候，您可不可以用手提着尾巴？”

“那就不自然了。”

“也对。”

“这下可好，”帕洛米德爵士苦涩地说，“居然下雨了。话说回来，这儿一天到晚都在下雨。”

他从蛇口探手出去，雨滴打在手背上，有如冰雹一般敲打着帆布。

格鲁莫爵士威士忌喝多了，兴高采烈地说：“亲爱的前脚老兄，当初这可是你出的主意。开心点，黑人老兄，派林诺还在等我们过去，他的处境只怕更糟哩！毕竟他可没有豹纹帆布遮风避雨啊！”

“或许雨会停吧。”

“当然会停！就是这样啊，我的异教弟兄。好啦，准备好了没？”

“好了。”

“喊口令吧。”

“左！右！”

“别忘了哒哒的马蹄声。”

“左！右！哒哒！哒哒！您说什么？”

“我只是在吠啊。”

“哒哒！哒哒！”

“看我奋力一跃！”

“哎哟，格鲁莫爵士！”

“抱歉啊，帕洛米德。”

“敝人在下我恐怕没办法坐了。”

派林诺国王淋着大雨，动也不动站在山崖下，视线模糊地看着前方。他的猎犬拖着长长的绳子，已经围着他绕了好几圈。他穿着有点生锈的全副铠甲，雨从五个地方漏进来，包括左右外胫骨和前臂四处，但最惨的还是面甲。他的面甲是猪鼻子形状，因为据说丑陋的头盔可以吓退敌人。派林诺国王的头盔看起来像一只爱管闲事的猪，雨水从猪鼻子进去，流下来搔得胸前好痒。国王正在沉思。

他心想：嗯，这么做应该可以交代了吧。站在大雨里一点也不舒服，可是那两个好家伙似乎一头热。很难再找到像老格鲁莫如此亲切的人，而帕洛米德虽是个异教徒，看来也很友善。既然他们兴致高昂，陪着玩玩也是应该的。更何况可以让猎犬出来溜达溜达。可惜它老是要把自己缠住，但这是天性，改不了的。明天大概要整天刷洗盔甲了。

这样至少有事做，国王凄惨地想着，总比整天没事到处晃，一颗心永远被悲伤啃咬要好多了。于是他又想起小猪。

公主的一个优点，就是不嘲笑派林诺。当你长年追赶寻水兽，偏偏又老是抓不到的时候，很多人会嘲笑你，可是小猪从来不会。她仿佛立即便能了解这事多么有趣，还提出几个捕捉寻水兽的好建议。某人并非故作聪明或如何，可是没遭嘲笑总是好的。某人尽力了。

然后就到了可怕的那一天，那艘该死的船漂到岸边。他们非上船不可，因为骑士必须勇于接受冒险。没想到船竟然立刻开走。他们拼命向小猪挥手，连寻水兽也从林子里探出头来，一副惊惶失措的样子，跟着他们游出海。可是船开呀开的，岸上的人越来越小，后来几乎看不到小猪挥舞的那条手帕，接着猎犬就晕船了。

派林诺到每一个港口都写信给她，将信件交给各地的旅店老板，他们都满口答应一定会送达。可是她连只字半语也没回复。

最后国王下了结论，一定是因为自己配不上她。他的脑袋不清楚，也不聪明，又一天到晚把事情搞错。堂堂法兰德斯的公主为何要写信给这种人？尤其又在他搭乘魔法船跑掉的情况下？这等于是弃人家不顾嘛，她当然有理由生气了。雨下个不停，水滴得全身都是，这会儿连猎犬都打喷嚏了。盔甲一定会生锈。这时候，一阵风吹着他颈背头盔旋螺丝的地方。四下黑暗，恐怖极了。好像有什么黏答答的东西从山崖上滴下来。

"不好意思，格鲁莫爵士，是不是您在我耳边闻闻嗅嗅的？"

"不不，老兄，走啊，走呀！我只是在努力叫罢了。"

"格鲁莫爵士，我指的不是叫声，而是一种沙哑的呼吸声。"

"好家伙，问我也没用啊。我这儿只听见吱吱嘎嘎的声音，像风箱一样！"

"敝人在下我认为雨就要停了，您觉得我们要不要也停下来？"

"哎，帕洛米德，你要停的话就停吧。可我们要是不赶快把这事搞定，我又要重头再缝一次啦。停下来做什么？"

"我只希望天色别这么暗。"

"不能因为太暗就停下来呀！"

"是不能。如果可以该有多好啊。"

"那就走吧，老弟！左！右！这样才对呀！"

“我说，格鲁莫爵士，”不久帕洛米德爵士又说，“那个又来了。”

“哪个？”

“喘气声啊，格鲁莫爵士。”

“你确定不是我的声音吗？”格鲁莫爵士问道。

“非常肯定。这是一种带有威胁或含情脉脉的喘气声，有点像虎鲸。本异教徒诚挚希望天色别这么暗呀！”

“啊，这个嘛，不可能事事如你所愿。快走吧，帕洛米德，这才像话嘛！”

又过了一会儿，格鲁莫爵士阴沉地说：“老兄，你别一直撞我行不行？”

“可我没撞您呀，格鲁莫爵士！”

“哼，不然是谁撞的？”

“本人没感觉到碰撞。”

“有东西一直撞我屁股。”

“会不会是您的尾巴？”

“不是，我把它缠在手上呀！”

“无论如何，前脚位于前半部，绝对不可能从后面撞您。”

“又来了！”

“什么？”

“又撞我！这根本是恶意攻击。帕洛米德，咱们遭到攻击了！”

“不不，格鲁莫爵士，您别胡思乱想。”

“帕洛米德，咱们得转个身。”

“干吗呢，格鲁莫爵士？”

“瞧瞧是什么东西在撞我。”

“敝人在下我什么也看不到呀，格鲁莫爵士，实在太暗了。”

“你从嘴巴伸手出去，看摸到什么。”

“我摸到一个圆圆的东西。”

“那是我，帕洛米德爵士。你从后面摸到我了。”

“致上深深的歉意啊，格鲁莫爵士！”

“没关系，好老弟，没关系的。你还摸到些什么？”

这位好心的撒拉逊人结结巴巴地说：“是个冰凉的东西，而且……滑溜溜的。”

“帕洛米德，这东西会动吗？”

“会动，还……还会闻闻嗅嗅啊！”

“闻闻嗅嗅？”

“闻闻嗅嗅啊！”

就在这时，月亮出来了。

“老天爷发发慈悲哟！”帕洛米德爵士从兽口朝外窥探，登时高声尖叫。“跑啊，格鲁莫，快跑！左！右！齐步走！跑步走！快啊、快啊！脚步对齐！哎哟，我可怜的脚后跟啊！哎哟，我的老天啊！哎哟！我的帽子呀！”

再等下去也没用，国王心想。他们也许迷了路，或者不知跑哪儿快活去了。洛锡安的天候总是如此，湿得要命。他已经尽了全力配合，这会儿他们却跑得不见踪影，丢下他一个人和可怜的猎犬在这里生锈，未免太不体贴。真是糟糕。

他心意已决，便背起猎犬，走路回去睡觉了。

在一座陡峭悬崖的裂缝里，冒牌寻水兽和自己的肚子争吵。

“可是，我亲爱的骑士先生，敝人在下我怎料得到会发生如此惨剧呢？”

“这是你出的主意，”肚子愤怒回道，“是你叫我们扮成这样，都是你的错。”

悬崖下方，正牌的寻水兽以一种多愁善感的姿态，在那浪漫的月光下等待它的另一半，身后是银白色的大海。此外，数十名心态扭曲的原住民，正藏身于岩石、沙丘、贝冢和圆顶石屋，专注观察眼前情势，试图理解英格兰人的阴谋诡计，却只是徒然。

第十章

毕德格连，决战的前夕。双方阵地里都有若干主教，为士兵祝福，听人告解，举行弥撒。亚瑟的部下态度虔诚，洛特王的人则不然——会打败仗的军队大抵如是。双方主教都保证己方必胜，因为上帝与他们同在，然而亚瑟王的部队知道敌军兵力是己方三倍，所以最好先得到赦免。洛特王的士兵也知道两军兵力悬殊，于是他们彻夜跳舞、饮酒、赌博，讲着下流故事。至少历史学家是这么说的。

在英格兰国王的帐棚里，最后的参谋会议已经结束，梅林特别留了下来，一副忧心忡忡的模样。

“梅林，您在担心什么？难道我们终究要打败仗吗？”

“不，这场仗你会赢。直说无妨，你会尽全力奋战，并且在正确的时间呼叫该叫的人。你的天性就是会打赢这场仗，所以告诉你也没关系。不，我现在担心的是别的事，有件事应该要告诉你。”

“和什么有关呢？”

“看在老天分上！如果我记得和什么有关，干吗还要担心？”

“和那个叫妮姆的女孩有关吗？”

“不不不不，完全是两回事。是一件……一件我想不起来的事。”

过了一会儿，梅林把胡子从嘴里拿出来，开始数手指头。

“我跟你说过桂妮薇的事了，对吧？”

“我不相信。”

“没关系。我也警告过你有关她和蓝斯洛的事了。”

“不论您警告的事情是真是假，”国王说，“总之这个指控很卑鄙。”

“那我也说过神剑的事，要你小心剑鞘啰？”

“是的。”

“我说过你父亲的事，所以不可能是这个，我也跟你提过某个人的事情。”

“最让我头痛的，”魔法师大喊，一边大把大把地拔头发，“就是我不记得这件事究竟在过去还是未来。”

“那就别想了。”亚瑟说，“反正我也不想知道未来的事。我还希望您别老是为这些事情烦恼，我看了很担心。”

“但是事关重大，我非说不可。”

“别去想它，”国王建议，“说不定自然就记得了。您应该放个假；最近为了警告和打仗的事，您用脑过度啦。”

“我会的！”梅林叫道，“等这场仗结束，我会去北亨伯兰徒步旅行。我有个布莱斯师父[①]就住在北亨伯兰，或许他能告诉我到底什么事情想不起来。然后我们可以到野外赏鸟去，他对野生鸟类可

① Bleise，在《亚瑟之死》中，毕德格连森林一战后，梅林讲述了布洛伊斯（Bloyse）的故事，他即是记录圆桌武士事迹的人。

有研究了。”

“那好，”亚瑟说，“您休个长假。等您回来，我们再想办法预防妮姆的事。”

老人停止摸弄手指，目光锐利地看着国王。

“亚瑟，你是个天真的人。”他说，“这也是好事，说真的。”

“为什么？”

“你还记得小时候那些魔法吗？”

“不记得，我有过什么魔法吗？我记得自己对各种鸟兽很感兴趣，所以才一直保留伦敦塔里的动物园。可是我不记得有什么魔法。”

“人总是善忘的。”梅林说，“我猜你也不记得我说过的寓言了？我常用寓言来解释事情。”

“我当然记得。有一个是关于某位拉比还是谁的，就是我想带凯伊一起去的那次，您跟我说的。我一直不懂那只母牛为何会死。”

“嗯，现在我有另一个寓言要告诉你。”

“好呀！”

“在东方，或许就是雅卡南拉比的故乡，有个人在大马士革的市集里遇见了死神，他发现幽灵恐怖的脸上有着惊讶的表情。这个人吓坏了，跑去找一位智者，问他应该怎么办。智者说死神此番来到大马士革，可能就是准备隔天早上把他抓走。这位可怜人吓得六神无主，便问如何才能脱逃。最后他们想出一个办法，那就是连夜骑马逃到阿勒坡，藉此摆脱骷髅死神。

“于是他果真骑马去了阿勒坡——那是一场可怕的逃亡，从来没有人能在一个晚上走这么远的路。到了之后，他走进市集，暗自庆幸逃出死神魔掌。

“就在这时，死神走上前来，拍拍他的肩膀说：‘抱歉，我是来抓你的。’‘什么？’那人害怕地大叫，‘我不是昨天才在大马士革碰到你？’‘正是如此，’死神说，‘所以当时我很惊讶，因为我的任务是今天来阿勒坡找你。’”

亚瑟仔细思索这令人毛骨悚然的老故事，半晌后他说：“所以逃避妮姆是没用的？”

“就算我有意如此，”梅林说，“到头来也是徒劳无功。时间和空间自有其道理，将来会由一个叫爱因斯坦的哲学家发现，有些人称之为‘命运’。”

“但我实在不懂您为何要像只蟾蜍一样被关在洞里。”

“啊，这个嘛，”梅林说，“一个人为了爱情，什么都做得出来。何况洞里这只蟾蜍不见得不快乐，可能比睡觉的时候还快活些。我就想点事情，等他们放我出来。”

“所以他们会放您出来？”

“陛下，让我告诉你一件事，你听了可能会很惊讶。我们俩都会再回来的，虽然那是几百年后的事情。你知道将来自己的墓志铭写些什么吗？‘*Hic jacet Arthurus Rex quondam Rexque futurus*’[①] 你还记得拉丁文吗？这句话的意思是‘永恒之王’。”

“我和您一样，以后都会再回来？”

“亚瓦隆峡谷里的人是这么说的。”

---

① 即“永恒之王亚瑟长眠此处”。

国王沉思良久。外头夜色浓重，色彩鲜明的帐幕里悄静无声。卫兵行走于草地上，也听不到脚步声。

最后他开口说："不知道将来有没有人会记得我们的圆桌？"

梅林没有回答。他低头垂着花白的胡须，双手放在膝间，紧紧握着。

"梅林，他们会是什么样的人啊？"年轻国王怏怏不乐地喊道。

第十一章

洛锡安的王后躲进了寝室，与客人断绝一切联系，派林诺只好一个人吃早餐。饭后他到海边散步，欣赏海鸥飞过头顶；它们就像白色的羽毛笔，头部轻轻沾了墨水。老鸬鹚站在岩石上晒干翅膀，有如一个个十字架。派林诺和往常一样感伤，又有点烦恼，因为他好像少了什么东西。其实他少的是帕洛米德和格鲁莫，如果他想得起来。

就在这时，他听见一阵叫喊声，便过去探个究竟。

“在这儿啊，派林诺！嗨！我们在这儿啊！”

“哎，格鲁莫，”他饶富兴味地问，“你们在悬崖上做什么？”

“看看那怪兽啊，老兄，看看那怪兽！”

“噢，哈啰，你们找到格拉提桑啦。”

“亲爱的老兄，看在老天分上，想点办法吧，咱们被困了一整夜啦。”

“可是格鲁莫，你扮成这副德行作啥？身上还有斑点什么来着，帕洛米德头上又是什么东西？”

“老兄，别光站在那儿说话呀！”

“可是格鲁莫，你好像长了根尾巴，我看它在你背后晃啊晃的。”

“我当然有尾巴！可不可以请你别说了，做点什么吧？咱们被困在这该死的裂缝里一整晚，累得都快站不起来啦。快啊，派林诺，动手宰了你这只寻水兽吧！”

“哎，我说我杀它做什么呢？”

“我的老天爷，你这十八年来不一直想杀它嘛？快啊，派林诺，行行好帮个忙。你要是不赶紧想办法，咱们就要摔下去了。”

“我不懂的是，”国王难过地说，“你们怎么会跑到山崖上去，而且又穿成这样？看你们这身打扮，好像自己要当寻水兽似的。话说回来，寻水兽又是打哪来的呀，啥？我是说，这整件事好突然啊。”

“派林诺，我问你最后一次，你到底要不要杀怪兽？”

“为何？”

“因为它把我们逼上悬崖啦！”

“这倒有些不寻常。”国王说，“它向来不会对人这么感兴趣。”

格鲁莫爵士声嘶力竭地喊道：“帕洛米德认为它爱上咱们俩啦！”

“爱上你们了？”

“是嘛，你瞧，我们不是打扮成寻水兽的模样吗？”

“所谓物以类聚嘛。”帕洛米德爵士有气无力地说。

派林诺国王笑了起来，这是他抵达洛锡安后首次露出笑容。

“哎呀！”他说，“老天保佑，真是前所未闻啊！帕洛米德为何认为它爱上他了呢？”

格鲁莫爵士一本正经地说："寻水兽整晚绕着悬崖走来走去，一会儿磨啊蹭的，一会儿又咕噜咕噜叫，有时候还把头缠在石头上，用那种眼神看我们。"

"哪种眼神啊，格鲁莫？"

"老兄，你瞧它现在这模样。"

寻水兽丝毫不在意主人的到来，反而含情脉脉地凝视帕洛米德爵士。它的下巴紧贴着山壁脚，热切而诚挚，偶尔摇一下尾巴。它的尾巴在小圆石地面左右扫动，尾巴上纹章一般的草束和叶饰发出沙沙声，有时还低声悲泣，抓着山壁。接着它又觉得自己太过唐突，于是优雅地拱起蛇颈，把头藏在肚子底下，偷偷从眼角往上窥视。

"哎，格鲁莫，你要我怎么做？"

"我们只想下来。"格鲁莫爵士说。

"我看得出来，"国王说，"看起来是个好主意。听好了，我实在不晓得这事究竟怎么开始的，啥，但我知道你们想下来，非常清楚。"

"那就杀了它吧，派林诺，杀了这要命的东西。"

"哎，说真的，"国王说，"这我可不确定！毕竟它谁也没碍着，对吧？恋爱是好事，这可怜的怪兽不过是动了情，我不懂为何要杀它。我要说的是，我自己也在恋爱，是吧，啥？所以多少有点同理心。"

"派林诺国王，"帕洛米德爵士口气坚定地说，"您再不赶紧采取行动，敝人在下立刻就要壮烈成仁，含笑九泉啦！"

"可是我亲爱的帕洛米德，你难道不知道吗，我就算想杀也杀不成呀，因为我的剑是钝的。”

“那就把它敲昏吧，派林诺。给它头上狠狠来一记，老兄，或许它就脑震荡啦！”

“格鲁莫老哥，你说得倒是容易，可万一我没打昏呢？说不准把它给惹火了，格鲁莫，然后我该怎么办呢？就我个人而言，实在不懂你为何要对付这东西。再怎么说，人家不过是喜欢你，对吧，啥？”

“不管它的行为动机如何，重点是咱们被困在悬崖上啊！”

“那你们下来不就成了？”

“老哥，我们一下去就会遭受攻击啊！”

“那只是爱的表现，”国王安抚他们，“像是献殷勤嘛，我相信它不会伤害你们的。你们只要走在它前头，一路走回城堡就行啦，啥？其实你们不妨也稍微鼓励它一下，毕竟人人都希望感情付出有回报嘛！”

“你的意思是，”格鲁莫爵士冷冷地问道，“叫我们和这只爬虫打情骂俏？”

“这样事情一定会容易许多，我是说，走回去的路上。”

“你倒是说说我们该怎么做。”

“哎，帕洛米德没事可以和它缠缠颈子，是吧，你也可以甩甩尾巴呀！能不能顺便舔它鼻子呢？”

“敝人在下我，”最后帕洛米德爵士一脸嫌恶、气若游丝地说，“既不会缠颈子，也不会舔鼻子。此外本人就要跌下去了。再会！”

说完这话，倒楣的异教徒松开双手，从悬崖上摔了下去，眼看就要落进怪兽嘴里——但是格鲁莫爵士抓住了他，残存的纽扣则固定住他的位置。

“看吧！”格鲁莫爵士说，“瞧你干的好事。”

“可是，我亲爱的老兄……”

“谁是你亲爱的老兄！你分明是见死不救！”

“噢，什么话！”

“对，就是你，无情无义。”

国王抓抓头。

“我想，”他有些怀疑地说，“我应该可以抓住它的尾巴，让你们趁机逃走。”

“那就快，你要是不马上行动，帕洛米德一掉下去，我们就要分成两半了。”

“我还是不懂，”国王伤心地说，“你们一开始为何要打扮成这样。这对我来说是个谜啊！”

“不过呢！”他补上一句，同时抓住寻水兽的尾巴，“来吧，老女孩，起来，我们也只好看着办了。好了，你们两个快逃命去。快啊，格鲁莫，我感觉寻水兽不大高兴啊。啊，你这坏东西，放开！快跑，格鲁莫！坏东西！呼！不乖不乖啊！放开！ 快啊，你们，快点跑！过来过来！别碰啊！它马上就要挣脱啦！乖乖过来你听到没？蹲下！到我后面！喔，你大坏蛋啊！再跑快点啊，格鲁莫！坐下坐下！躺下啊，野兽！你好大胆子！小心啊，老兄，它追来了！噢，你要玩真的是吧？看啊！它真咬我啦！”

两人抢先一步跑到吊桥，吊桥随即在两人身后拉起。

“呼！”格鲁莫爵士解开后半身的纽扣，站起身擦擦额头。

“呜喔！”几位送鸡蛋来城里的老太太说。城堡里有些人能讲几句英语，包括圣托狄巴和茉兰阿姨。

“毛皮光泽小东西，畏缩胆小的坏东西！”守吊桥的人说，“噢，把我吓得惨兮兮！”

“滚开啊！”其他人说。

“可爱的帕洛米德爵士，他要刀下来撕啦！”几位明知他们彻夜受困峭壁上，却只字未提的古民说。这是他们的习惯，因为害怕吃亏上当。

众人转身察看异教徒，发现此言果然不假。帕洛米德爵士倒在一座骑马踏脚石上，剧烈地喘着气，连怪兽的头也没力气拿下。大家帮他拿下来，又往脸上泼了一桶水，再用围裙帮他扇风。

“啊，这刻脸的人！”他们满怀同情心地说，“这撒克逊人啊！这黑皮肤的野蛮人啊！他是不是回补来啦？再给他一点水，啊，再泼一桶啊！”

帕洛米德爵士终于醒过来了，鼻子冒着气泡。

“敝人在下身在何处？”他问道。

“咱们都在这儿啊，好老弟，咱们安全回来了，怪兽在外头呢。”

一声悲伤的哀嚎穿过铁闸门，仿佛三十对猎犬对月长嚎，为格鲁莫爵士的说词作证。帕洛米德爵士不禁发起抖来。

“咱们应该到外头瞧瞧，看派林诺国王回来了没。”

“好的，格鲁莫爵士，请先给我一秒钟恢复精神。”

“寻水兽可能已经加害于他了。”

“可怜的家伙！”

“你觉得怎么样？”

“微恙而以，马上就过去了。”帕洛米德爵士鼓起勇气说。

“那我们别浪费时间，说不定这会儿怪兽正在吃他呢！”

“请带路吧！”异教徒说着撑起身子，“朝城垛前进！”

于是乎一群人迈开步伐，爬上椭圆塔屋的狭窄阶梯。

从高处往下望去，峡谷里的寻水兽变得很小，仿佛头脚颠倒。峡谷与城堡接壤，它坐在谷中一块大圆石上，尾巴垂在小溪里，歪头仰望吊桥，舌头伸在外面。没有派林诺的踪影。

“显然怪兽没在吃他。”格鲁莫爵士道。

“除非他已经被吃了。”

“在这么短的时间里，老兄，我看它是来不及。”

“不然也会留下骨头什么的，至少会留下盔甲。”

“就是说。”

“您觉得我们该怎么办？”

“真叫人头疼呀。”

“您看我们是不是冒险出击？”

“帕洛米德，你不觉得我们应该先观望一阵吗？”

“所谓三思而后行。”帕洛米德爵士同意道。

他们观望了半个小时，在场的古民因为缺乏刺激，纷纷失了兴趣，喀哒喀哒跑下楼梯，隔着城墙朝寻水兽丢石头。两位骑士则留在瞭望台上。

“现在的情势可真复杂。”

“可不是嘛。”

“我的意思是，你仔细想想就会明白。”

“完全正确。”

“一方面奥克尼王后发着脾气——我看她对那只独角兽很有意见哪，另一方面则是派林诺闷闷不乐。而你不是应该要爱上美人伊索德[①]吗？这会儿寻水兽又同时爱上咱们俩了。”

“很混乱的局面呀。”

“仔细想想，”格鲁莫爵士不安地说，“爱情可真是一种强烈的情感。”

就在这时，两个紧紧缠绕的人影从悬崖边的路上缓步走来，仿佛是来印证格鲁莫爵士的说法。

“我的老天，”格鲁莫爵士叫道，“这是怎么回事？”

两人越走越近，身影逐渐清晰。其中一人是派林诺国王，他搂着一名肥胖中年女子的腰。女子穿着横鞍裙，生了一张长长的马脸，脸色红润，手中拿着狩猎短鞭，头发挽成一个髻。

“那一定是法兰德斯女王的女儿！”

“我说，你们两个！”派林诺国王看见他们，便高喊道：“我说，看这里啊，你们知道是谁来着，猜得到吗？谁想得到啊，啥？你们猜我找到谁了？”

“啊哈！”胖女士的声音洪亮，用狩猎短鞭顽皮地轻拍他的脸颊。“是谁来找谁啊？”

“是啊、是啊、我知道！根本不是我找到她，是她找到我啊！你们觉得怎么样？”

“而且你们知道吗？”国王亢奋地续道，“我那些信一封都回不

---

① 在《亚瑟之死》中，帕洛米德爵士无意间瞥见伊索德，为之怦然心动而大发豪勇，在比武大会中连战皆捷，拿下冠军。

了，因为我没附回邮地址！我们根本也没地址可写！我就知道有地方出了差错。所以小猪就骑上马，你们知道吗，翻山越岭来找我啦！寻水兽可帮了她大忙了——因为它生了个好鼻子，而咱们那艘魔法船呢，你们一定想不到，可它八成也有点脑筋，看我难过得厉害，居然跑回去接她们啦！多贴心啊！她们不知在哪里的小海湾里找到船，就来到这儿啦！”

“可咱们站在这儿做啥？”国王叫道。他兴奋得要命，以至于旁人无法插话。“我要说的是，咱们何必这么喊来喊去的？你们觉得这样礼貌吗？你们俩是不是应该下来放我们进去啊？这吊桥又是怎么回事？”

“是寻水兽啊，派林诺，寻水兽！它在峡谷里啊！”

“寻水兽又怎么了？”

“它包围城堡啦！”

“喔对，”国王说，“这下我想起来了，它咬了我一口。”

他举起绑绷带的手挥了挥，“你们瞧瞧，小猪马上就帮我包扎了。她是用那个什么帮我绑的，哎，就是那个。”

“衬裙！”法兰德斯女王的女儿朗声道。

“对对，就是用衬裙！”

国王笑得浑身发抖。

“这是好事，派林诺，都是好事，但你打算拿寻水兽怎么办呢？”

国王陛下兴高采烈地大叫：“喝，寻水兽嘛！这有啥大不了，我就收拾它去！”

“好啦！”他大步走到峡谷边，挥剑喊道：“好啦！你走开吧！

去！去！”

寻水兽心不在焉地看了他一眼，动动尾巴表示认得，注意力便又回到城楼上。偶尔有古民丢的石头飞来，都被它灵敏地接住而后一口吞下，就像你要把鸡群赶开，它们却偏偏不走那样。

“把吊桥放下！”国王下命令，“我来对付它！去啊，快点去啊！”

城里的人犹豫地降下吊桥，寻水兽立刻靠上前去，满脸希望的表情。

“好啦，”国王叫道，“你先冲进去，我来殿后。”

吊桥还未降至地面，小猪便箭步冲了过去。派林诺国王或许身手不那么矫健，或许是被寻水兽的温情分了心，结果和她在过道上撞个正着。寻水兽从他们后方冲来，把国王撞倒在地。

“当心！当心啊！”聚集在城堡里的仆人、鱼妇、鹰匠、蹄铁匠、制箭师父和其他好心人齐声高呼。

法兰德斯女王之女转过身，有如护子心切的母老虎。

“快滚啊，不要脸的野丫头！”她大喊，拿起短鞭朝怪兽的鼻子抽去。寻水兽噙着眼泪退开了，铁闸门也在这时轰隆降下，将双方隔了开来。

到了那天晚上，又有新的危机产生。看来格拉提桑怪兽是打定了主意，要包围城堡直到伴侣出现为止。碰上这样的情况，带鸡蛋来市集卖的原住民除非有人护送，否则也不愿出城。最后三位南方骑士还得剑拔弩张地送他们到山脚下。

在村子街上，圣托狄巴正等着迎接护卫团，有如一个邋遢的森林之神，被四个男孩前后簇拥着。他满口威士忌酒气，心情正好，挥舞着手中的棍杖。

“一个故事都不讲了！”他大喊，“我这会儿可不是要和茉兰大娘结婚啦？又和邓肯打了这么一架，再也不当圣人啦！”

“可喜可贺啊！”孩子们对他说了第一百次。

“我们也过得很好，”加瑞斯补充说，“我们每天晚餐都能端菜呢。”

“荣耀归于主！每一天都行吗？”

“是啊，而且母亲还带我们去散步。”

“哎，你看看，赞美青春，青春就来啦！”

圣人见到护卫队出现，立刻像个伊洛克族人[①]狂吼了起来。

“叛徒纳命来！”

“别紧张，”他们说，“别紧张啊，圣人先生。他们拔剑并不是要来打架的。”

“怎么不是？”他愤慨地问道，然后趋前吻了派林诺国王，熏得他满脸酒气。

国王道：“我说，你当真要结婚了？我也是啊！你开不开心啊？”

圣人的回答是双臂紧紧搂住国王脖子，硬拉他去茉兰大娘开的私酒店。派林诺其实有些不情愿，因为他只想快快回到小猪身边，但显然他们非得举行单身汉派对庆祝一番。盖尔族人的恶意如同雾气一般退去，无论是受爱情感染，抑或是威士忌的效用，又或者雾气本来便容易消散；当地居民总算是抛开种族恩怨，敞开他们温暖的北国胸怀，把三个南方人当成贵宾款待了。

---

① Iroquois，现居美国纽约州和威斯康辛州的原住民部落。

第十二章

毕德格连之战的地点靠近谢伍德森林中的索赫特城[①]，时间则是圣灵降临节假期间。这是一场决定性的战役，从某些方面来讲近似于后来所谓的“总体战”。

反叛的十一位国王打算用诺曼人的方式与统治者决战，也就是亨利二世和他儿子们那种猎狐狸的态度：目的是为了娱乐和猎物，而无意置对方于死地。这些国王指挥着坦克车般的贵族骑士，准备冒运动的风险，亦即裘洛克斯[②]所说的那种风险。洛特王带头的这场叛乱，做法可说与猎狐狸如出一辙，却没有罪恶感，而且危险程度只有四分之一。

不过十一叛王总需要一点战功。骑士虽无意大规模自相残杀，却没有理由对农奴手下留情。照他们的估算，一天下来若无猎物袋可供炫耀，那就一点意思都没有了。

于是呢，照反叛诸侯的意思，这应该是场双重战役，或者是战

---

① Sorhaute，属于尤里安国王的领地。

② Jorrocks，罗伯特·史密斯·瑟蒂斯创造的漫画人物。他是一位莽撞的杂货商，非常热衷于猎狐狸。

中有战。位在十一王联军外圈的是六万步兵和武装护卫，他们受征召而来，装备欠佳，胸中燃烧着因盖尔族悲剧而生的怒火，准备和亚瑟的两万英格兰步兵拼命。两军之间存有种族的深仇大恨，然而这样的对立关系却是由那些无意拼个你死我活的“贵族上层”所掌控。于是军队有如成群猎犬，彼此的拼杀完全受猎犬主人命令，而主人却将此当成一场刺激的赌局。举例来说，假如这些猎犬阵前抗命，洛特及其党羽将会很愿意和亚瑟的骑士并肩作战，弭平暴动，因为在他们看来，这才是真正的叛乱。

依照传统，这些位于权力核心的贵族彼此之间还比和自己部下来得亲近。对他们来说，率领大队人马出战，一来是为了让自己的猎物袋好看，二来则是为了排场。对他们来说，要打一场好仗，非得要“战场上头、手、肩膀齐飞，刀剑声响彻森林和水边”。飞当然是飞农奴的头、手、肩膀；刀剑声响则因双方铁甲贵族交手而生，空有声音，却无断肢残废之虞。在洛特统率之下的战争大抵如是。等一定数量的农奴脑袋搬家，英格兰骑士也被修理得差不多了，亚瑟便会明白再战无益，转而屈服求和。于是双方会达成停战协议，赢家可从丰厚的赎金中大赚一笔，然后一切又恢复旧观。唯一的差别是封建共主的迷思将被打破，反正本来也就只是个迷思罢了。

不消说，这样的战争当然得照规矩来，就和猎狐狸一样。只要天气许可，战争便会在约定的集合地展开，一切依循往例进行。

亚瑟却另有想法。毕竟在他看来，这一点也谈不上“娱乐”：让八万平民相互残杀，少数人却在坦克车一般的外壳保护下，为了赚取赎金而演习。亚瑟渐渐认为那些头、手、肩膀都是有价值的，亦即其拥有者的价值，即便他们只是农奴。经过梅林的教导，他对传说中狮心王理查那样的做法渐生疑窦：放任乡村为敌所掠，农民庄稼毁坏，士兵惨遭屠戮，然后自己支付一笔无关痛痒的赎金——这根本不合逻辑。

于是英格兰国王下令，在他的战争中没有赎金这回事。他的骑士要对付的不是敌方步兵，而是盖尔邦联的骑士。既然两族原本就有心结，便让步兵的归步兵，各自尽全力拼斗。但是他自己的贵族则要以对方贵族为攻击目标，将之视为普通步兵，绝不讲和，也无视任何芭蕾舞者的规范；要让敌方首脑见识战争的真相，直到他们对事实有所体悟，此后对战争避之唯恐不及为止。

此刻他已明白，是役告终之后，他毕生的使命便是与一切凭恃武力而扭曲良善的恶行奋战到底。

所以我们应可相信，国王的士兵在决战前夜确实诚心悔过。少王的愿景已进入麾下将领和士兵心中：圆桌武士的新理想将由苦难中诞生，他们势必冒险犯难，做出令人厌恶的事情，只为良善之故——因为他们很清楚这场仗只有流血和死亡，而无其他报偿。除了在心怀恐惧的情况下为所应为，因而无愧于良心，他们将一无所获。邪恶之徒往往过度感情用事，将如此行径称作光荣，从而贬低其价值，然不改其光荣真谛。一个个年轻士兵跪在分送上帝之爱的主教面前，上述信念深植心中。他们知道敌人数目是己方三倍，而到了日落时分，自己温热的身躯或许早已冰冷。

亚瑟以暴行开启战局，此后暴行不断。首先，他并未依循惯常的开战时间。照理他应该先让军队吃过早餐，然后领兵与洛特对峙，等到中午、战线排列妥当，再下令开战。开战的信号发出之后，他应该派骑士向洛特的步兵冲锋，而洛特的骑士则会向他的步兵冲锋，如此展开一场精彩的屠杀。

反之，亚瑟趁夜出击，采取一种可悲又无礼的战术，在黑暗中发出一声印第安式的战呼，血脉贲张，手持神剑，大胆地以一敌三，杀进叛军营地。敌军的骑士数量远超过亚瑟，光是叛军领袖“百骑王”一人所带领的骑士，数目就是圆桌武士后来全盛时期的三分之二。此外，亚瑟并未挑起战端，而是在国内距边境数百英里之处抵抗侵略，而这个侵略行动也不是他引发的。

帐棚倒塌，火炬燃亮，刀剑交击，杀声四起，还杂着惊惶的哀叹。那喧哗噪音，杀人或被杀的恶鬼在火光映照下漆黑的身形——当年谢伍德森林的杀戮战场，如今却是橡树成荫的茂密景致！

这是一个卓越的开始，成功随之而来。十一叛王和旗下贵族均已穿好盔甲——那时贵族穿戴盔甲极其费时，往往持续终夜。若非如此，攻方或许兵不血刃即可获胜。反之，他们只取得了主动权，但也始终保持主动的优势。原住民骑士并肩杀出混乱的营地，勉强组成一支装甲兵团，其数量仍为国王手下有盔甲保护者数倍之多，却少了惯有的步兵屏障。由于时间匆促，来不及编组步兵，还跟在贵族身边的若非士气涣散，就是无人领导。亚瑟把步兵交给梅林指挥，去对付以敌营为中心的对方士兵，自己则带着骑兵，紧追在叛乱诸王后头。他既已让他们奔逃，便知道必须穷追不舍。敌军又惊又气，认为这是毫无骑士风范的个人侮辱；更对这种直截了当的杀人行径感到不可思议。照国王这样做，岂不是把贵族当成撒克逊步兵一般乱杀了吗？

国王的第二桩暴行，是他根本忽视了步兵。他把战争中涉及种族仇恨、虽邪恶但确实存在的部分留给两族自行解决——也就是留给营地里厮杀正烈的步兵和梅林，骑兵则迅速冲过。帐棚里虽是每三个盖尔人对一个高卢人，然而他们遭受突击，反而居于劣势。亚瑟对这些步兵并无特别的厌恶感，他将怒气集中在骗诱他们混乱脑袋的领袖身上，却也知道非让他们打上一场不可。他只希望自己的军队能够获胜。在这同时，他的任务是对付敌军将领。天色渐明，亚瑟战法的暴虐之处益发明显。

原来十一位国王勉强组织了一道步兵屏障，躲在后面等待亚瑟冲锋。照说他应该冲进这一排惊慌失措的民兵阵中，左挥右砍大肆屠杀，但他却视若无睹，策马飞奔而过，仿佛不把他们当成敌人，甚至连动手攻击都没有，径自朝有护甲在身的敌军核心冲去。步兵群感激涕零地接受如此仁慈之举，似乎毫不觉得为洛锡安送命是件光荣的事。战后，据叛军将领所说，这并非匹克特族的纪律。

新的一天开始，冲锋同时发动。

你或许曾在军操表演或某个展览上的露天古装剧场看过骑兵冲锋，如果看过，你便知道骑兵冲锋不是用“看”的，而是用听的。听那如雷的马蹄声、颤抖的大地、猛烈的炮火、色彩鲜明而踩踏不断的凉鞋！是的，而且这还只是普通骑兵演练，而非中古骑士冲锋。想像一下，两倍重于午夜古装表演马儿的坐骑，马背上的人也因为装备和盾牌而重达两倍。再加上盔甲撞击的钹音和缰绳的叮当声。把制服变成阳光下耀眼的镜子，长枪则变成钢打的长矛。这时长矛放低，他们眼看就要冲来了。大地在马蹄下震动，身后土块纷飞，地上留下深深的蹄印。然而真正可怕的不是马背上的人，也不是他们手中的长矛或刀剑，而是战马的铁蹄，是那横跨战场、无处可逃、排山倒海而来的钢铁方阵的冲击力。那力道仿佛能将人踏得粉碎，击打着大地，比鼓声还要响亮。

盖尔邦联的骑士尽全力迎战，站稳阵脚，予以反击。然而这是他们首次遇上不顾阶级差异的敌人，又遭受猛烈攻击，加上原本仗着人数是对方四倍以上，心高气傲，怎么也想不到会被兵力如此薄弱的敌人冲杀又冲杀，最后终究影响了士气。他们在接连冲锋之下逐渐让步，阵形未乱但不断后退，被驱赶着沿谢伍德森林中的一片空地移动。那是一片宽阔草地，有如长满青草的入海河口，树林夹立两侧。

在这个阶段的战事中，许多人表现出英勇战绩。洛特王单挑梅里奥·德·拉·胡赫爵士与克莱伦斯爵士。之后他遭凯伊刺落马下，又爬上马，却再度被亚瑟砍伤肩膀——年轻、神采飞扬、情绪亢奋的亚瑟简直无所不在。

身为将领，洛特似乎是个训练严明的军人，而且有点怯懦。他固然拘泥形式，却仍是精明的战术家。到了中午，他似乎认清自己碰上了一种新的战争，需要新的守备方式。照目前看来，亚瑟那群魔鬼般的骑兵对赎金毫不关心，而且打算拼老命冲杀己方骑兵构筑的铜墙铁壁，直到攻破为止。他决定采取消耗战。于是在战线后方的一场紧急作战会议上，叛军将领决定，由洛特带着四位国王和半数守军沿空地后退，严阵以待。其余六位国王足以守住英格兰军队，藉此让洛特的部下休息重整。等阵地布置妥当，前锋六王便后退穿越阵地，由洛特等人防守前线，换他们休养生息。

叛军照着这个指令分开了。

亚瑟见到敌军兵分两路，明白等待已久的时机来临，立刻遣侍从骑马冲进森林。原来他早已和班恩、勃尔斯两位法国国王达成互助协议，这两位盟友从法国率领约一万人前来相助。法军以预备部队的身份，埋伏在空地两侧的林子里。国王的策略就是将敌人往他们那里赶。侍从策马飞奔，茂密的橡树林中闪现盔甲反光，洛特这才明白中计。然而他只注意到空地的一侧，勃尔斯王正率兵猛攻他的侧翼，没注意到班恩王在另外一头。

到了这个地步，洛特有些胆怯了。他肩上负伤，才与视诛杀贵族为理所当然的敌人交手，现在又遭到伏击。“噢，守护我们免于死亡和恐怖伤害”，据说当时他是这么说的，“因为我们已身陷死亡之险境[①]”。

他派卡拉铎斯国王领一精锐中队前去迎战勃尔斯，却发现另一名侍从已经从对面引出了班恩王。他虽仍占有数量上的优势，但已勇气尽失。“喝！”他对坎伯涅公爵喊道，“此战败矣！”据说他还“因憾恨与悲伤[②]”而痛哭。

卡拉铎斯本人被打下马，他率领的中队亦遭勃尔斯王击溃。六王组成的前锋也在亚瑟连续冲锋下节节败退。洛特带着摩根诺国王的部队，转身面对班恩王，期能守住侧翼。

假如天色再多亮一个小时，叛乱或许就要在当日结束了。然而夕阳西沉，当晚正好又没有月亮，才救了原住民一命。亚瑟下令收兵，准确判断敌军已经士气涣散，便让部下安眠一晚，枕戈待旦，

① 出自《亚瑟之死》第一部第十五章，洛特见到勃尔斯王率兵冲出，知其勇猛善战，便自知大事不妙，而向耶稣祷告。

② 以上两句皆出自《亚瑟之死》第一部第十六章，洛特见班恩王出现，高呼此战败矣，又见到许多英勇骑士战死而痛哭。

只留少数卫兵警戒。

精疲力竭的敌军昨晚才通宵赌钱，现在又反侧难眠。他们若不是全副武装，就是召开作战会议。如同所有曾发兵攻打格美利的高地军队，他们互不信任。他们认为敌军会再次发动夜袭，因今日一战而忧惧丧胆。他们意见分歧，有人主张投降，有人则坚持抗战到底。一直到曙光初露，洛特王才让其他人顺从他的意。

在他的命令之下，残余的步兵被当成牲口一般赶开，各自逃命。骑士则团结起来，组成单一方阵以抗敌军冲锋，此后任何人若临阵脱逃，将立即因怯懦之罪而被射死。

到了翌晨，他们还不及排好阵形，亚瑟已派兵攻至。他的战术与之前相同，起先只派四十名骑兵小队进攻。这支突击部队乃是严挑细选，成员皆勇气过人。他们继续昨天下午的猛攻，全速冲锋，一举穿越或突破敌阵，然后重整队伍，再次发动强袭。顽强的敌人军团在猛攻之下败退，一肚子怨气，意志消沉，斗志全失。

时至正午，三位同盟国王全军出动，准备一举击溃敌军。一时间杀声震天，断裂的长矛纷飞，马儿前脚在半空中扒抓然后重重倒地，叫喊声撼动树林。结束之后，在那饱经践踏、草皮被马蹄翻起，遍布各式兵器碎片的草地上，只剩一片不自然的静寂。有人仍骑着马，漫无目的地走动，再无盖尔骑士兵团的踪迹。

国王骑马自索赫特城返回时，梅林出来迎接。魔法师满脸倦容，依旧没有骑马，穿着步兵的无袖锁子甲，坚持以如此的装束参战。他带来盖尔氏族步兵已经投降的消息。

第十三章

数周以后，派林诺国王和未婚妻坐在山崖上，顶着九月的月光，凝望海洋。他们即将前往英格兰成婚。国王伸手搂着她的腰，耳朵紧贴着她的头顶，沉浸在两人世界里。

“多拿尔实在是个有趣的名字。”国王说，“真不知你怎么想到的。”

“可是，派林诺，是你想出来的呀！”

“我吗？”

“是啊，阿格洛法、帕西法、拉莫瑞克和多拿尔。”

“他们一定会像普智天使一样，”国王兴奋地说，“像普智天使一样啊！可什么是普智天使？”

在他们背后，古老的城堡巍然耸立，衬着满天星斗。圆塔顶层隐约传来吵闹声，那是格鲁莫和帕洛米德，正因寻水兽而吵得不可开交。它仍然深爱冒牌的寻水兽，也仍然包围城堡——仅在洛特带着败军归来那天暂时解除几个小时。英格兰骑士得知己方与奥克尼交战已久，感到非常讶异。但为时已晚，更何况战争已经结束。如今所有人都留在城内，吊桥永远处于升起状态，格拉提桑怪兽则映着月光，趴在塔底，头闪着银光。派林诺坚决反对杀它。

梅林北行之旅途中也来到这里。他肩头斜挂背袋，脚穿巨大长靴，打扮时髦，一身雪白，容光焕发，有如将启程前往藻海[①]结婚的鳗鱼，因为妮姆出现的时刻就要到来。可是他心不在焉，始终记不起那件应该告诉徒弟的事，所以很不耐烦地听他俩述说困境。

骑士们站在城墙上，对着站在外面的魔法师喊道："真对不住！都是寻水兽害的。洛锡安与奥克尼的王后很气它呀！"

"你们确定此事与寻水兽有关？"

"当然啦，老兄。你看，它把咱们围在这儿啦！"

"可敬的先生，"帕洛米德可怜地哭喊，"都怪咱们扮成了寻水兽，进城时又正好被它瞧见。于是它就产生了，呃，热烈的情感。这下可好，怪兽赖着不走啦，因为它认定伴侣就在里面。若是降下吊桥，可是很不保险的呀！"

"你们最好向它解释一下。就站在城垛上，把误会说清楚吧。"

"您认为它听得懂吗？"

"再怎么说，"魔法师道，"它好歹也是只魔兽，是有这种可能。"

可惜解释并未奏效，寻水兽凝眸而望，仿佛认为他们撒谎。

"我说梅林！别走啊！"

"我非走不可。"他漫不经心地说，"我有件事要做，却想不起来要做什么、又要去哪里。而且我得继续徒步旅行，要到北亨伯兰

---

① Sargasso Sea，位于西印度群岛东北之海域，因散布漂浮的马尾藻而得名。英国小说家 Jean Rhys 有一部传世名作《梦回藻海》(*Wide Sargasso Sea*)。

与我师父布莱斯会合，让他写下这次战事的纪录，然后我们要去赏个野雁，然后呢……哎，我也不记得了！”

“可是，梅林，寻水兽不相信我们呀！”

“不用在意。”他的语气暧昧而忧虑，“我不能久留，抱歉了。请二位替我向摩高丝王后道歉，并代我问候她好吗？”

于是他踮起脚尖开始旋转，准备消失。他这趟徒步旅行多半不是用走的。

“梅林，梅林！等一等呀！”

他再次短暂现身，不高兴地说：“怎么，还有事？”

“寻水兽不相信我们啊，该怎么办才好？”

他眉头一皱。

“给它心理分析吧！”最后他这么说，又开始旋身。

“可是，梅林，等等！我们要怎么分析呢？”

“就照一般的方法。”

“什么样的方法？”他们绝望地喊道。

梅林彻底消失，只有话音留在原地。

“找出它做过哪些梦，诸如此类。解释现实状况，不过别讲太多弗洛伊德。”

在那之后，为了不打扰派林诺国王的喜事——反正他也不愿为这种芝麻小事烦心，格鲁莫和帕洛米德只好自寻出路。

“哎，听我说啊，”格鲁莫爵士喊道，“鸡生蛋……”

帕洛米德爵士打断他的话，解释起花粉和雄蕊的关系来了。

城堡圆塔的皇家寝室里，洛特王夫妇躺在双人床上。国王已经熟睡，他为了写战争回忆录耗尽心神，亦无特别理由保持清醒。摩高丝却辗转难眠。

明天她将前往卡利昂参加派林诺的婚礼。她向丈夫解释，此番自己是以使节的身份前去，为他请求宽赦。她会把孩子一并带去。

洛特为此大发雷霆，本来有意禁止她去，可是她知道如何对付洛特。

王后悄悄下床，走到柜子前面。自从败军归来，她已耳闻诸多亚瑟轶事，说他强壮又有魅力，纯真且宽宏大量。即使为他所败的人心中充满嫉妒和猜忌，仍无法抹灭他的意气风发。此外，谣传这位年轻人和萨南伯爵的女儿莱安诺儿还有一段风流韵事。王后摸黑打开柜子，从中取出一条像布一样的东西，站到窗边的月光下。

这条布虽然不比黑猫魔法残忍，却更令人毛骨悚然。这东西叫绊马索——专绑家畜用的，在原住民的柜子里有好几条这样的东西。这算不上厉害的魔法，充其量是个符咒。摩高丝是从丈夫带回外岛来安葬的一位士兵尸体上取来的。

那是一片由死者侧面割下的人皮，亦即拿小刀从右肩开始，小心割出两道切口——如此才能保持条状，然后自右臂外侧往下，像沿着手套接缝一样绕过每根手指，再向上割至腋窝。接着朝身体外侧割去，从脚到胯下，最后才回到肩膀的起点，绕尸体轮廓一圈。这样便会得到细长的条状物。

绊马索是这样用的。你要趁心爱的人熟睡时，将绳索抛过他头顶，而且不能吵醒他，然后再把绊马索绑成蝴蝶结。假如你中途把他惊醒，一年之内他便会死去。如果整个过程中都没把他吵醒，他注定会就此爱上你。

摩高丝王后站在月光下，在指缝间拉扯着绊马索。

四个男孩也醒着，但他们不在自己房间。晚餐时他们躲在楼梯上偷听，得知隔天将随母亲前往英格兰。

此刻他们置身一座小小教堂，虽然占地仅二十平方英尺，历史却与基督教传来岛上同样悠久。教堂以石砌成，与堡垒高墙一样未使用泥灰。月光从没安玻璃的孤窗洒入，落进石头祭坛上的圣水盆。水盆用石台挖凿而成，相配的盖子则是用剥落的石片切割制成。

奥克尼家的四个男孩跪在祖先故居里祈祷，希望对亲爱的母亲永远忠诚，不负她苦心教导的康瓦耳宿仇，并且永志不忘父亲统治的雾之国度洛锡安。

窗外，细长的弯月站得挺直，有如浓重夜幕里的魔法指甲屑。衬着天空的是乌鸦形状的风信鸡，口中衔箭，遥指南方。

第十四章

也算帕洛米德爵士和格鲁莫爵士运气好，就在车马队动身出发前的紧要关头，寻水兽恢复了理智，否则他们就得留在奥克尼，错过整场婚礼。虽然如此，他们还是整夜没睡。因为寻水兽是突然恢复的。

问题是它竟然移情别恋，爱上了成功的分析师帕洛米德——心理分析常发生这种事——而且对原本的主人一点兴趣都没有了。派林诺国王免不了感叹几句美好时光不再，便把所有权交给了撒拉逊人。虽然马洛礼明白地告诉我们，唯有派林诺家的人才抓得到它，可在《亚瑟之死》后半部，追它的人总是帕洛米德爵士，就是这个原因。谁抓得到它其实都不重要，因为从来没有人抓到过它。

前往卡利昂的南行路途漫长，一路上轿子摇摆，护卫策马在飘扬的燕尾旗下缓步慢行，每个人都很兴奋。轿子本身极有意思，乃是由普通双轮马车构成，侧边各有一旗杆似的长棍，双棍间悬铺吊床，一旦躺卧其中，便几乎感觉不到任何颠簸。两位骑士跟在皇家队伍后头，想到终于能逃出城堡，前去参加婚礼，便觉兴奋无比。

圣托狄巴与茉兰大娘也跟着来了，如此便是双重婚礼。寻水兽走在最后面，眼睛紧紧盯着帕洛米德，生怕又被人辜负。

圣人全都从蜂巢屋里出来送行，佛美人、佛伯格人和达努的子民[①]、原住民，从悬崖、小船、山巅、沼泽和贝冢上向他们挥手道别。赤鹿和独角兽全部并排立于山冈上目送他们离去。尾巴分叉的燕鸥自海口飞来，吱吱尖叫，似在模仿发电报声。白尾的麦鹟和田鹨飞行于队伍左右，轻快地停留在荆豆丛间；老鹰、游隼、乌鸦和山鸦则在上空盘旋。燃烧泥炭所生的浓烟也亦步亦趋，仿佛想在他们的鼻梢盘旋最后一次。欧延碑文、地底密道和海角碉堡在烈日下展现史前时代的建筑风采。海鳟和鲑鱼将头伸出水面，闪着银光。这里是世上最美丽的国度，而它的峡谷、山峦、长满石南的山肩也齐声加入共鸣，盖尔世界的灵魂向男孩们发出仙灵般的呐喊：“记得我们！”

如果说旅途令男孩们兴奋异常，那么卡利昂首都的繁华景象，就是教他们瞠目结舌了。在这里，国王的城堡周围街道交错——可不只有一条街；还有邻近贵族的城堡、修道院、礼拜堂、教堂、大圣堂、市集、商店。街上到处是人，穿着蓝、红、绿色等光鲜服饰，手挽购物提篮，或驱赶前方聒噪的鹅群，或穿着哪家老爷的制服，四处跑腿。铃声作响，钟塔上报时声悠扬，旗帜飘动——连空气都仿佛有了生命。这儿有狗、驴子、身披华丽衣裳的马儿，还有神父和农村马车，轮子嘎吱作响，仿佛审判日降临。这儿有商家贩卖裹着金箔的姜饼，或陈列最时新的铠甲套件，有丝绸商人、香料

① Fomorians、Fir Bolg、Tuatha de Danaan 均为爱尔兰神话中的古代居民。

商人和珠宝商人。店铺悬挂色彩鲜艳的招牌，就像现代旅馆的招牌那样。仆从在酒店外痛饮喧哗，老太太为鸡蛋讨价还价；流浪汉带着一笼笼猎鹰求售，肥胖的议员戴着象征职位的金链子；皮肤黝黑的农夫除了绑腿之外几乎全身赤裸；被皮绳拴成一群的灵缇、兜售鹦鹉的怪异东方人；装模作样小碎步走路的漂亮仕女，个个戴着顶端有面纱垂下的高顶笨蛋帽。如果仕女正要上教堂，前面或许还会有侍从引路，手中捧着祈祷书。

卡利昂是个有城墙保护的城镇，因此在这熙来攘往的周围，是看似永无止境的长长城垛。城墙每隔两百码皆有塔楼，此外还有四座大门。若你穿越平原前来，便会见到城堡主楼和教堂尖顶从墙上丛丛冒出，就像盆栽开花。

亚瑟王与老友重逢，又听说派林诺的婚事，倍感欣喜。当年他年纪还小，在野森林里初次遇上派林诺，便把骑士当成了崇拜对象，因此决定举办一场前所未有的盛大婚礼。他们包下卡利昂大教堂，极尽铺张之能事，以期能皆大欢喜。主教弥撒由多如繁星的枢机主教、主教和教廷使节主持，偌大的教堂里举目尽是紫红二色，焚香弥漫。小童摇响银铃，有时还得冲向某位主教，摇铃叫醒他。有时教廷使节会把主教洒得满身是香。那简直像一场百花大战，几千枝蜡烛在华丽的祭坛前熊熊燃烧。无论朝哪个方向，都可以看到圣职人员忙着铺展桌巾、拿起经书、互相彻底祝福、以圣水浸湿彼此，或虔敬地向彼此画十字。乐声宛如天籁，有格利高利圣歌，也有圣安布罗斯圣乐。教堂更是挤得水泄不通，这里有各类僧侣、修士和方丈，他们脚穿凉鞋，与骑士并肩而立，骑士的盔甲映着烛光。在场甚至还有一位方济会主教，身穿黑衣，头戴红帽。主教的长袍和法冠几乎全以金缕织成，边缘镶上钻石，而这许多人一会儿穿、一会儿脱，使得整间教堂里都是沙沙声。至于拉丁文嘛，他们讲话速度之快，只听见复数所有格在屋顶的椽间回荡。在神职人员发出不可胜数的训诫、劝励和祝祷的情况下，教堂里的会众竟然没有立刻上天国，也算是难得了。就连教宗也和在场所有人一样，希望婚礼圆满成功，因此好心将赎罪券分给每个想得到它的人。

婚礼结束后便是婚宴。派林诺国王夫妇在仪式中自始至终都牵着手，他们和身后的圣托狄巴及茉兰大娘，都被烛光、焚香、圣水弄得有些眩晕。众人簇拥他们登上荣誉主位，由亚瑟亲自屈膝上菜，不难想见茉兰大娘有多开心了。菜色包括孔雀派饼[1]、鳗鱼冻、德文郡奶油、咖喱海豚肉、冰水果色拉、两千种其他小菜。席间有人演说，有人唱歌，还有人为健康等干杯敬酒。有位特使从北亨伯兰火速赶来，递交电报给新郎官。他念了出来："梅林祝你们幸福。礼物在王座下。问候阿格洛法、帕西法、拉莫瑞克、多拿尔。"待电报引起的兴奋平息，结婚礼物也找到以后，众人安排了几种纸牌游戏，让宴会的年轻成员参与。王室的一名小侍从在牌局中脱颖而出，他叫蓝斯洛，父亲就是亚瑟在毕德格连的盟友——班威克的班恩王。现场还有衔苹果、推移板、跷跷板以及一种叫"麦克与牧羊人"的傀儡戏，逗得大家哈哈大笑。圣托狄巴和一位胖主教为了劳德比利特敕书[2]大吵起来，一棒敲昏了主教，把场面弄得有点尴尬。

① 以豆子、南瓜、西葫芦等各式食材制成的派饼，饼上以花椰菜装饰排列如孔雀羽毛而得名。

② The Bull called Laudabiliter，由教宗亚德里安四世于公元一一五六年颁布的敕书，将爱尔兰的统治权移交给英王亨利二世。

最后大家感情丰富地唱完《忆往日》[①]，在深沉的夜色中散去。派林诺国王龙体违和，新的派林诺王后扶他上床，说他只是兴奋过度。

远在北亨伯兰，梅林一跃下床。他们才从清晨和日落时分赏雁归来，本来已精疲力竭准备就寝，却在睡梦中突然想起——再简单不过的一件事！他忘记提起的正是亚瑟他母亲的名字！他只顾喋喋不休谈论尤瑟·潘德拉贡、圆桌理念和战局分析、桂妮薇和剑鞘、过去和将来，却忘了最重要的这件事。

亚瑟的母亲是伊格莲，也就是本书刚开始，奥克尼的孩子们在圆塔上谈到的那位，在庭塔阁被俘的伊格莲。亚瑟正是在尤瑟·潘德拉贡冲进她城堡的那晚成形的。按照传统，尤瑟必须等伊格莲为伯爵守丧完毕才能娶她，因此男孩诞生得太早。所以亚瑟才被送去给艾克特爵士抚养。除了梅林和尤瑟，世上无人知晓他被送往何处，伊格莲也不知情。如今尤瑟已死。

梅林赤脚踩着冰冷的地板，站在床边晃动身子。如果他立刻旋身前往卡利昂，或许还来得及！可是老人身心俱疲，又被“后见之明”弄糊涂了，更何况他还处在半梦半醒之间。他想等明天早上再说，也不记得身在未来抑或往昔。他摸着黑，伸出布满纹理的手找睡衣，妮姆的容貌已经盘踞他睡意惺忪的脑袋。梅林跌上床，胡子塞进棉被，鼻子压着枕头，沉沉睡去。

空荡荡的城堡大厅里，亚瑟王往后一靠。他刚与几位心腹骑士

---

① *Auld Lang Syne*，原为苏格兰民族诗人伯恩斯（Robert Burns）的诗作，后谱成曲调，在中日等国被配上歌词，成为毕业时演唱之《忆往日》。

喝了睡前酒，现在只剩下他一个人。真是疲累的一天，不过他年纪还轻，正是精力最充沛的时候。此时他后脑倚靠着王座，回想婚礼的经过。自从他拔出石中剑成为国王以来，始终征战不断；也是因为这些磨练，他才拥有现在的气度和担当。如今总算可以平静度日，他想着和平的喜乐，想着自己有朝一日也将成婚，如同梅林所预言，或许还会有个家。接着他又想到妮姆以及所有美丽的女性。他也睡着了。

他突然惊醒，发现面前站了一位黑发蓝眼、头戴王冠的美丽女子。北方来的四个野孩子站在他们的母亲身后，显得羞怯又傲慢，而女子手里正卷着一条带子。

外岛的摩高丝王后先前刻意避开宴席，精心挑选在这个时刻现身。这是少王头一回见到她，而她知道自己的姿容无懈可击。

事情究竟如何发生，或许永远解释不清。或许绊马索果真具有魔力。或许因为王后的年纪是亚瑟的两倍，也具有他两倍的历练和经验。或许只因为他向来心思单纯，往往轻易便对人做出评断。或许是他始终没有亲生母亲，所以摩高丝带着孩子站在面前所散发的母性之爱，就足以使他意乱情迷。

不管怎么解释，九个月后，这位空暗女王为同母异父的弟弟生下一名男孩，取名莫桀。以下就是后来梅林绘制的家谱。

你或许得把家谱当成某种历史教材，多读几次。这是亚瑟王悲剧中至为重要的部分，也正是托马斯·马洛礼爵士把他那部长篇巨著取名《亚瑟之死》的原因。虽然书中十之八九讲的都是骑士比武、寻找圣杯之事，整体探讨的却是这位年轻人最后为何身殒。这是一部悲剧，一部全方位的亚里士多德式悲剧，讲述罪愆的纠缠不散。所以我们必须特别留意亚瑟之子莫桀的身世，将来时候到了，更要记住国王曾与自己的姐姐同床共眠。此事亚瑟并不自知，或许也应归咎于她，然而在悲剧之中，纯真毕竟是不够用来解释一切的。

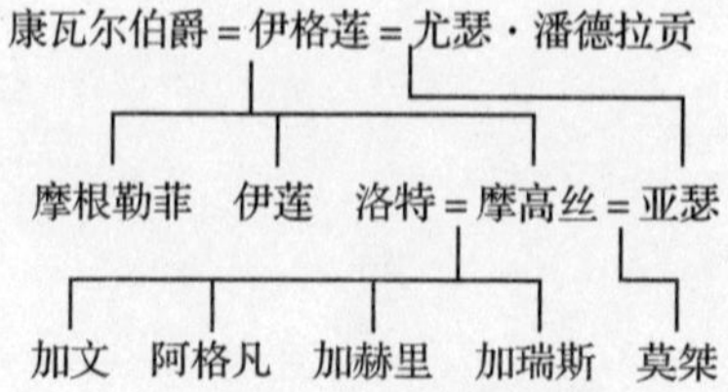